Rubem Alves

Ilustrações:
Karen Elis

Quer que eu lhe conte uma estória?

PAPIRUS EDITORA

Capa: Fernando Cornacchia
Coordenação: Ana Carolina Freitas e
Beatriz Marchesini
Ilustração: Karen Elis
Diagramação: DPG Editora
Revisão: Elisângela S. Freitas e
Isabel Petronilha Costa

Dados Internacionais de Catalogação na Publicação (CIP)
(Câmara Brasileira do Livro, SP, Brasil)

Alves, Rubem
　　Quer que eu lhe conte uma estória?/Rubem Alves; ilustrações
Karen Elis T. Cornacchia – 2ª ed. – Campinas, SP: Papirus, 2013.

ISBN 978-85-308-0904-1

1. Crônicas brasileiras I. Cornacchia, Karen Elis T. II. Título.

13-09593　　　　　　　　　　　　　　　　　　　CDD-869.93

Índice para catálogo sistemático:

1. Crônicas: Literatura brasileira 869.93

Exceto no caso de citações, a grafia
deste livro está atualizada segundo o
Acordo Ortográfico da Língua Portuguesa
adotado no Brasil a partir de 2009.

2ª Reimpressão
2014

Proibida a reprodução total ou parcial
da obra de acordo com a lei 9.610/98.
Editora afiliada à Associação Brasileira
dos Direitos Reprográficos (ABDR).

DIREITOS RESERVADOS PARA A LÍNGUA PORTUGUESA:
© M.R. Cornacchia Livraria e Editora Ltda. – Papirus Editora
R. Dr. Gabriel Penteado, 253 – CEP 13041-305 – Vila João Jorge
Fone/fax: (19) 3272-4500 – Campinas – São Paulo – Brasil
E-mail: editora@papirus.com.br – www.papirus.com.br

Sumário

Apresentação 7

As rãs, o pintassilgo e a coruja 11

Chapeuzinho Vermelho 17

O currículo dos urubus 21

O que as ovelhas dizem dos lobos 25

O urso burro 31

oiuqóniP 35

Cinderela para tempos modernos 39

O canto do galo 45

Raposa não pega urubu... 49

O país dos chapéus 53

O rei, o guru e o burro 57

Sobre rosas, formigas e tamanduás 61

Urubus e sabiás 67

O pastor, as ovelhas, os lobos e os tigres 69

O sapo 73

"Se é bom ou se é mau..." 79

O rei nu 83

O passarinho engaiolado 87

A bela azul 91

A vaca e os bernes 93

A caverna sem chaminé 95

O aluno perfeito 99

A Terra está morrendo 101

Borboletas e morcegos 103

Como conhecer uma vaca 109

O lobo aprendiz de santidade 113

Picolépolis 115

O velhinho misterioso 119

O pato selvagem 121

Apresentação

Da data exata não me recordo, mas sei que era o ano de 1969. E lembro que era uma manhã clara. O carteiro me entregou um pacote e comentou com um sorriso: "Correspondência do estrangeiro"... Não era preciso ser muito esperto para perceber que aquela correspondência vinha dos Estados Unidos. O selo dizia. E no lugar do remetente estava escrito "Corpus Books – Washington/Cleveland": dados de uma editora. Meses antes eu recebera carta dessa mesma editora com uma informação maravilhosa: iriam publicar minha tese de doutoramento, aquilo que viria a ser meu primeiro livro. E em inglês! E nos Estados Unidos! Ah, vocês não sabem que importância tem o nome de uma editora para alguém que tem um manuscrito nas mãos! Um manuscrito pode ser uma obra-prima. Mas apenas o autor a conhece. Imagino quantas obras-primas se perderam, larvas que não chegaram a ganhar asas! Aquela primeira carta da editora me informara que a larva que só eu conhecia ganharia asas e muitos a conheceriam.

Essa é a maior alegria que um escritor pode ter. O escritor tem o poder de escrever o texto. Mas somente as editoras têm o poder de dar-lhe asas e soltá-lo pelo mundo. A primeira carta anunciava que a larva se transformaria em borboleta. Era uma promessa. E toda promessa já contém uma felicidade. Agora, meses depois, aquele pacote postal com selo estrangeiro e remetente de editora só podia ser uma coisa: o cumprimento da promessa, uma borboleta esperando que eu a desembrulhasse para que ela voasse...

Abri. Lá estava ela, a borboleta, meu primeiro filho como escritor. Dali para frente quando eu tivesse de preencher fichas em hotéis, no lugar onde está escrito "profissão", eu poderia colocar "escritor". Aquele livro me dava uma nova identidade. Capa dura, preta, o título em letras brancas, *A theology of human hope*, meu nome em amarelo, nome desconhecido, Rubem A. Alves, e ao pé da capa o nome de um intelectual conhecido, como se ele fosse um avalista da obra, dizendo "Podem comprar porque eu li e gostei – Harvey Cox, Harvard University".

Não sei quanto tempo depois o livro apareceu publicado em português, tradução de João-Francisco Duarte Jr. com um novo nome (acontece muito com os livros; ao mudar de língua e país, eles mudam de nome): *Da esperança*. A editora que dera asas de língua portuguesa ao meu livro era uma pequena editora que um sonhador, Milton Cornacchia, criara e estava fazendo crescer. O nome da editora: Papirus. Foi o início de uma grande amizade sem interrupções, a despeito do encantamento prematuro do Milton. Mas a criança já crescera e, apesar da orfandade, continuou a brincar de soltar borboletas, com a permissão e a cumplicidade da Eliane e sua equipe.

Quantas borboletas? Mil, número mágico, redondo, sagrado, símbolo da eternidade. Coincidência ou não, o número "mil" (eu prefiro "1.000", que é mais que "mil"...) foi este livro que você tem nas mãos que o completou: *Quer que eu lhe conte uma estória?*. Cada estória é uma bolha de sabão, completa em si mesma, pequeno universo redondo, feito com surpresa, riso e verdades. Segundo Nietzsche, Zaratustra também gostava de bolhas redondas... "Quanto a mim, gosto da vida", dizia ele. "Borboletas e bolhas de sabão e todas as coisas que, entre os homens, se assemelhem a elas, parecem conhecer mais sobre a felicidade. Ver flutuar essas almas leves, tolas, móveis, pequenas – isso seduz Zaratustra a lágrimas e canções." E Alberto Caeiro sentia o mesmo. Até parece que um copiou do outro... Foi isto que ele escreveu:

As bolas de sabão que esta criança
Se entretém a largar de uma palhinha
São translucidamente uma filosofia toda.
Claras, inúteis e passageiras como a Natureza,
Amigas dos olhos como as coisas,
São aquilo que são
Com uma precisão redondinha e aérea,
E ninguém, nem mesmo a criança que as deixa,
Pretende que elas são mais do que parecem ser.

Por isso eu e a Papirus nos damos bem: somos companheiros de brinquedo. Brincamos de soltar bolhas de sabão...

Estou feliz porque a bolha de sabão que é este livro se tornou o número "1.000" nesse calendário que marca o número dos textos que a Papirus transformou em borboletas.

Havemos de soltar muitas mais bolhas redondas – não há jeito de soltar bolhas quadradas – que hão de estourar, mas não tem importância, sopraremos outras...

Fevereiro de 2010

As rãs, o pintassilgo e a coruja

Era uma vez um bando de rãs. Rãs – embora sua aparência sugira o contrário – são seres poéticos. Sobre uma rãzinha, Matsuo Bashô (1644-1694) escreveu o seu mais famoso haicai: "Ah, o velho lago. / De repente a rã no ar / e o tchibum na água...". As rãs da nossa estória não saltavam em lagos porque viviam presas no fundo de um poço. Só que elas não sabiam que estavam presas no fundo de um poço por pensar que o universo era daquele jeito. (Muitas pessoas vivem também presas no fundo de poços sem se dar conta disso...)

Tudo começara muito tempo antes, num momento de enlevo amoroso. Um casal de rãs apaixonadas ia saltando numa noite de lua cheia em busca de um ninho onde fazer amor. Olhavam para a lua romântica e não viram o buraco à sua frente (isso acontece frequentemente com os apaixonados...). O pulo seguinte os levou da luz romântica da lua ao escuro do fundo do poço. Pularam muito, o mais que podiam, para sair do poço. Inutilmente. O poço era muito fundo.

Resolveram, então, transformar sua desdita em felicidade. Como naqueles filmes em que um lindo jovem e uma linda jovem naufragam e vão parar numa ilha paradisíaca de onde não podem sair. Lembro-me até do nome de um filme: *Numa ilha com você*... Como não havia o que fazer no fundo do poço, puseram-se freneticamente a fazer amor, não por luxúria mas para matar o tempo. Frequentemente, na vida dos casais, acontece o mesmo: faz-se amor não por amor mas para combater o tédio. O resultado foi o esperado: rãzinhas e mais rãzinhas. O fundo do poço se encheu de rãs e o casal solitário se transformou numa grande sociedade de rãs.

Como acontece com todos os seres vivos, o casal original, o Adão e a Eva das rãs, ficou velho e morreu. Com isso morreram os únicos que tinham memória do mundo de fora. As rãs-filhas, sem memória da beleza do mundo, pensavam que o poço era tudo o que havia no universo. E o que havia lá dentro era lama, lesmas, mau cheiro, moscas, minhocas, lacraias e escorpiões... Assim, suas cabeças só pensavam lama, lesmas, mau cheiro, moscas, minhocas, lacraias e escorpiões.

Aconteceu que, numa manhã ensolarada, voava por aqueles campos um pintassilgo que, passando perto do poço, ouviu a orquestra de rãs coaxando lá no fundo. Curioso, ele baixou o seu voo e entrou dentro do poço. Foi um grande susto para as rãs, que pensavam ser elas as únicas habitantes do universo. Algumas rãs disseram que se tratava de um *extrapoço* (pois não há extraterrestres?). Outras, que era uma alma do outro mundo. Umas poucas, de índole mística, pensaram tratar-se de um anjo. E outras havia que, tendo lido Freud, afirmavam que o pintassilgo era uma alucinação coletiva.

O pintassilgo, penalizado da triste condição das rãs (triste para ele, que conhecia as belezas do mundo; mas as rãs, elas mesmas, que só conheciam o fundo do poço, estavam muito felizes...), começou a cantar: cantou flores, cantou rios, cantou nuvens, cantou pássaros, cantou borboletas. O que mais fascinou as rãs foi pensar que havia animais que não pulavam como elas: animais que voavam como o pintassilgo. As rãs se dividiram. Os sociólogos fizeram uma pesquisa. O resultado foi: 45% das rãs achavam que o passarinho era doido, pois falava sobre coisas que todas as rãs em juízo perfeito sabiam ser fantasias; 50% concordavam com os teóricos da psicanálise – o dito passarinho, que se sabe não existir, por não existirem seres com asas, não passava de uma alucinação; somente 5% das rãs acreditaram no pintassilgo. E uma coisa curiosa aconteceu com estas: começaram a crescer asas nas suas costas, asas como as do pintassilgo. E elas viraram pássaros – meio desajeitados, é bem verdade. Mas não importa. O fato é que se puseram a voar e saíram do poço. O pintassilgo, sentindo-se rejeitado por 95% da população de rãs, achou prudente ir embora para nunca mais voltar. E assim ficaram as rãs, pelo resto de suas vidas, sem o canto do pintassilgo.

Corujas, como se sabe, são aves noturnas de rapina. Caçam animais no escuro. Pois o pintassilgo estava doido para contar sobre as rãs no fundo do poço. Viu uma coruja num galho de árvore. Chegou perto dela e lhe contou sobre as rãs no fundo do poço. Rãs, como se sabe, são um deleite para o paladar. Até os humanos as apreciam, especialmente fritas. Ouvindo falar de um punhado de rãs no fundo de um poço, a coruja abriu os olhos e prestou atenção. E pensou: "tenho comida garantida para a próxima estação".

Caída a noite, ela bateu suas asas e entrou dentro do poço. Noite ou dia, não fazia diferença: no poço era sempre noite. Chegando lá, foi outro susto para as rãs: um outro pássaro, diferente do pintassilgo. E a coruja, que não era boba, nada falou sobre as belezas do mundo de fora. Se as rãs acreditassem num mundo de fora cheio de coisas bonitas, era possível que começassem a ter esperança. E é a esperança que faz crescer asas nas costas não só das rãs, como também de todos os bichos, inclusive os homens. Com asas nas costas, as rãs se transformariam em pássaros, voariam, sairiam do poço e iriam fazer tchibum na lagoa. E na lagoa estariam a salvo do seu bico. "Esqueçam as bobagens que o pintassilgo cantou", disse a coruja. "O pintassilgo é um poeta e fala sobre coisas que não existem. O que realmente importa é que vocês compreendam os seus próprios pensamentos. Podem acreditar em mim. As corujas, na literatura, são símbolos da sabedoria. Eu sou sábia. Até o filósofo Hegel me cita com respeito."

A coruja iniciou, então, um detalhado processo de análise das ideias das rãs. Mas, como as rãs só conheciam lama, lesmas, mau cheiro, moscas, minhocas, lacraias e escorpiões, o resultado da análise era sempre lama, lesmas, mau cheiro, moscas, minhocas, lacraias e escorpiões – reelaborados, é bem verdade. E assim aconteceu. As rãs, através dos anos de análise, foram ficando cada vez mais "resolvidas" quanto a lama, lesmas, mau cheiro, moscas, minhocas, lacraias e escorpiões. E se esqueceram das belezas cantadas pelo pintassilgo poeta. E a coruja, por sua vez, foi ficando cada vez mais gorda, enquanto, a intervalos regulares, uma rã desaparecia...

As estórias – coisas que nunca aconteceram – têm o poder de nos ajudar a compreender as coisas que acontecem. Esta estória, pura brincadeira, é sobre nós mesmos. Somos rãs no fundo do poço. Poços podem ser a casa, o casamento, o emprego, a bolsa de valores, a religião, as superstições, as memórias... O fundo do poço pode ser também a própria alma. Pois não disse Fernando Pessoa que a alma é um abismo? Para entender a alma, Platão inventou uma estória parecida com a das rãs. Ele nos descreveu como prisioneiros acorrentados no fundo de uma caverna, com as costas voltadas para a entrada. Nessa posição, não vemos o mundo lá fora (como as rãs), mas apenas as sombras desse mundo, projetadas na parede à nossa frente.

De que forma podemos quebrar a corrente que só nos permite ver as sombras? Qual o poder que dá asas às rãs, para que elas saiam do fundo do poço e vejam o mundo de fora?

Disse Bernardo Soares que nós não vemos o que vemos. Nós vemos o que somos. Só veem as belezas do mundo aqueles que têm belezas dentro de si. Com o que concordaria Angelus Silesius, místico e poeta que viveu no século XVII, que dizia que, a menos que tenhamos o paraíso dentro de nós mesmos, não há forma de encontrá-lo fora de nós.

Esta é a questão central da terapia: abrir os olhos aos cegos para que vejam. Para isso há duas possibilidades. Primeira: a alternativa da coruja...

Bachelard – maravilhoso pintassilgo – dizia que um psicanalista é uma pessoa que, ao receber do seu cliente uma rosa, volta-se para ele e lhe pergunta: "E o esterco, onde está?". Como se o abismo da alma fosse um esgoto, fossa de excrementos! Essa visão terapêutica tem suas origens na psicologia do inquisidor que pressupunha que aquele que estava sendo interrogado mentia sempre. Assim, tudo o que ele dissesse de bondade e beleza não passava de uma máscara, um disfarce para o pecado horrendo, escondido. Sua tarefa, assim, era sistematicamente destruir a bela máscara para chegar ao rosto horrível: da rosa para o esterco.

A essa visão sinistra do inconsciente, Bachelard contrapõe um "inconsciente tranquilo, sem pesadelos...". Por oposição à psicanálise sinistra da coruja, Bachelard, se psicanalista fosse, ao receber esterco do seu paciente, perguntaria, com um sorriso: "E a rosa, onde está?". Isso nos faz voltar a Sócrates, tal como o descreveu Platão. Para explicar o seu método terapêutico, ele disse que todos os homens estão grávidos de beleza. Se vivemos como rãs no fundo de um poço, é porque ainda não contemplamos a beleza que mora escondida em nós. É o inverso: o que está escondido não é o horrendo – é o belo! A tarefa do terapeuta, então, não pode ser compreendida como uma infinita análise de fezes, ao estilo da coruja, mas como um alegre cultivo de flores. Há, de fato, no fundo do poço, uma lama escura, de cujas profundezas sobem bolhas malcheirosas. Mas nesse poço floresce o lótus imaculadamente branco...

O que salva não é a análise da lama. O que salva é a contemplação do lótus.

Chapeuzinho Vermelho

Era uma vez uma jovem adolescente a quem todos conheciam pelo apelido de Rúbia. Rúbia é uma palavra derivada do latim, *rubeus*, que quer dizer vermelho, ruivo. Rúbia era ruiva. Ruiva porque tingira seu cabelo castanho que ela considerava vulgar. Ela pensava que uma ruiva teria mais chances de chamar a atenção de um empresário de modelos que uma morena. Morenas há muitas. O vermelho de seus cabelos era confirmado pelo seu temperamento: ela era fogo e enrubescia quando ficava brava. [Nota: Se, nesta estória, eu lhe desse o nome de Chapeuzinho Vermelho, ninguém acreditaria. As adolescentes de hoje não andam por aí usando chapeuzinhos vermelhos...]

Rúbia morava com sua mãe numa linda mansão no Condomínio Omegaville. Pois, numa noite, por volta das 10 horas, sua mãe lhe disse: "Rubinha querida, quero que você me faça um favor...". Rúbia pensou: "Lá vem a mãe de novo...". E gritou: "De jeito nenhum. Estou vendo televisão...". "Mas eu ia até deixar você dirigir meu BMW...", disse a mãe. Rúbia se levantou de um pulo. Para guiar o BMW ela era capaz de fazer qualquer coisa. "Que é que você quer que eu faça, mamãezinha querida?", ela disse. "Quero que você vá levar uma cesta básica para sua vovozinha, lá na Rocinha." Você sabe: andar de BMW, depois das 10 da noite, na Rocinha é perigoso. Os sequestradores estão à espreita...

Rúbia já estava saindo da garagem com o BMW quando sua mãe lhe gritou: "A cesta básica! Você está se esquecendo da cesta básica!". Com a cesta básica no BMW, Rúbia foi para a casa da vovozinha, na Rocinha. Foi quando o inesperado aconteceu. Um pneu furou. Até mesmo pneus de BMWs furam. Rúbia se sentiu perdida. Com medo, não. Ela não tinha medo. O problema era sujar as mãos para trocar o pneu. Foi quando um Mercedes se aproximou, dirigido por um senhor elegante que usava óculos escuros. Há pessoas que usam óculos escuros mesmo de noite. O Mercedes parou e o homem de óculos escuros saiu. "Precisando de ajuda, boneca?", ele perguntou. "Claro", ela respondeu. "Preciso que me ajudem a trocar o pneu furado." "Pois vou ajudar você", disse o homem. "Você precisa de proteção. Este lugar é muito perigoso. A propósito, deixe que me apresente. Meu nome é Crescêncio Lobo, às suas ordens." Aí ele se pôs a trocar o pneu, cantarolando baixinho uma canção que sua mãe lhe cantara: "Hoje estou contente, vai haver festança, tenho um bom petisco para encher a minha pança...".

Rúbia, olhando para Crescêncio Lobo, pensou: "Que homem gentil e prestativo! E ainda canta enquanto trabalha... É dono de um Mercedes! Acho que minhas orações foram atendidas!". "Pronto", ele disse. "Para onde você está indo, boneca?" "Vou levar uma cesta básica para minha avó." "Pois eu vou segui-la para protegê-la..." E assim, Rúbia, sorridente e sonhadora, se dirigiu para a casa de sua avó, escoltada por Crescêncio Lobo.

Ao chegar à casa da avó, Crescêncio Lobo se surpreendeu. Pensou que ia encontrar uma velhinha, parecida com a avó de Chapeuzinho Vermelho. Que nada! Era uma linda mulher, uma senhora elegante, fina, de voz suave, inteligente. Logo os dois estavam envolvidos numa animada conversa: Crescêncio Lobo encantado com o suave charme e a inteligência da avó, a avó encantada com o encantamento que Crescêncio Lobo sentia por ela. Crescêncio Lobo pensou: "Se não fossem essas rugas, ela seria uma linda mulher...". Rúbia percebeu o que estava rolando, e foi

18

ficando com raiva, vermelha, até que teve um ataque histérico. Como admitir que Crescêncio Lobo preferisse uma velha a uma adolescente? Começou a gritar e, por mais que os dois se esforçassem, não conseguiam acalmá-la. Passava por ali, acidentalmente, uma viatura do 5º Distrito Policial. Os policiais, ouvindo a gritaria, imaginaram que um crime estava acontecendo. Pararam a viatura e entraram na casa. E o que encontraram foi aquela cena ridícula: uma adolescente ruiva, desgrenhada, gritando como louca, enquanto a avó e Crescêncio Lobo tentavam acalmá-la. Os policiais perceberam logo que se tratava de uma emergência psiquiátrica e, com a maior delicadeza (os policiais do 5º DP são sempre assim. Também, pudera... O delegado-chefe trabalha ouvindo música clássica!), convenceram Rúbia a acompanhá-los até um hospital para ser medicada. Rúbia não resistiu porque ela já estava encantada com a força e o charme do policial que a tomava pela mão. Afinal, aquele policial era lindo e forte!

Quanto a avó e Crescêncio Lobo, aquela noite foi o início de uma relação amorosa maravilhosa. Crescêncio Lobo percebeu que não há cara de adolescente cabeça de vento que se compare ao estilo de uma senhora inteligente e experiente. E a avó, que ouvira de uma feminista canadense que o melhor remédio para a velhice são os galetos ao primo canto, entregou-se gulosamente a esse hábito alimentar gaúcho. Crescêncio Lobo pagou-lhe uma plástica geral e a avó ficou novinha. E viveram muito felizes, por muitos anos. Quanto a Rúbia, aquela crise foi o início de uma feliz relação com o policial do 5º DP, que tinha mestrado em psicologia da adolescência...

O currículo dos urubus

Não conheço estória que combine malandragem psicanalítica com convicção pedagógica como *Pinóquio*. Depois de levar a criança a se identificar com um boneco de pau, a trama progride proclamando que é necessário ir à escola para virar gente. Caso contrário o destino inevitável é virar burro, com rabo, orelhas, zurros e tudo o mais que pertence à burrice. Claro que esse é um golpe desonesto. Seria necessário dizer com clareza aquilo que aqui ficou simplesmente mal dito, contando sobre o destino invertido daqueles que eram de carne e osso ao entrar na escola e só receberam diplomas depois de se transformarem em bonecos de pau.

Alguém já devia ter dito essas coisas às crianças: é uma exigência da honestidade. Mas ninguém até agora se atreveu. A razão? Parece que dentro de cada um de nós mora um Gepeto. A inversão do *script* poderia parecer uma tentativa de corromper a juventude, e o inovador acabaria por ser enxotado, como se fosse parte do bando de espertalhões que desviou Pinóquio do sagrado caminho em busca da humanidade, o caminho da escola.

Quero correr esse risco. Ainda vou inventar a tal estória. A moral já está pronta: por vezes, a maior prova de inteligência se encontra na recusa em aprender.

Sei que essa proposta é insólita e que o leitor, meio Gepeto sem o saber (como eu também, quando mando meus filhos à escola), haverá de me pedir explicações.

Confesso que não tenho muitas evidências em minhas mãos. Ainda não fiz as pesquisas nem fichei as notas de rodapé. Mas os meus pensamentos se metamorfosearam em uma parábola que passo a contar:

O rei Leão, nobre cavalheiro, resolveu certa vez que nenhum dos seus súditos haveria de morrer na ignorância. Que bem maior que a educação poderia existir?

Convocou o urubu, impecavelmente trajado em sua beca doutoral, companheiro de preferências e de churrascos, para assumir a responsabilidade de organizar e redigir a cruzada do saber. Que os bichos precisavam de educação, não havia dúvidas. O problema primeiro era o que ensinar. Questão de currículo: estabelecer as coisas sobre as quais os mestres iriam falar e os discípulos iriam aprender. Parece que havia acordo entre os participantes do grupo de trabalho, todos urubus, é claro: os pensamentos dos urubus eram os mais verdadeiros; o andar dos urubus era o mais elegante; as preferências de nariz e de língua dos urubus eram as mais adequadas para uma saúde perfeita; a cor dos urubus era a mais tranquilizante; o canto dos urubus era o mais bonito. Em suma: o que é bom para os urubus é bom para o resto dos bichos. E assim se organizaram os currículos, com todo o rigor e precisão que as últimas conquistas da didática e da psicologia da aprendizagem podiam merecer. Elaboraram-se sistemas sofisticados de avaliação para teste de aprendizagem. Os futuros mestres foram informados da importância do diálogo para que o ensino fosse mais eficaz e chegavam mesmo, vez por outra, a citar Martin Buber. Isso tudo sem falar na parafernália tecnológica que se importou do exterior, máquinas sofisticadas que podiam repetir as aulas à vontade para os mais burrinhos, e fascinantes circuitos de televisão. Ah! Que beleza! Tudo aquilo dava uma deliciosa impressão de progresso e eficiência e os repórteres não se cansavam de fotografar as luzinhas piscantes das máquinas que haveriam de produzir saber, como uma linha de montagem produz um automóvel. Questão de organização, questão de técnica. Não poderia haver falhas.

Começaram as aulas, de clareza meridiana. Todo mundo entendia. Só que o corpo rejeitava. Depois de uma aula sobre o cheiro e o gosto bom da carniça, podiam-se ver grupinhos de pássaros que discretamente (para não ofender os mestres) vomitavam atrás das árvores. Por mais que fizessem ordem unida para aprender o gingado do urubu, bastava que se pilhassem fora da escola para que voltassem todos os velhos e detestáveis hábitos de andar. E o pavão e as araras não paravam de cochichar, caçoando da cor dos urubus: "Preto é a cor mais bonita? Uma ova...".

E assim as coisas se desenrolaram, de fracasso em fracasso, a despeito dos métodos cada vez mais científicos e das estatísticas que subiam. E todos comentavam, sem entender: "A educação vai muito mal...".

Gosto de estórias porque elas dizem com poucas palavras aquilo que as análises dizem de forma complicada. Todo mundo reclama do fracasso da educação no Brasil. Os alunos de hoje não são como os alunos de antigamente. Nem mesmo sabem escrever. Que dizer do aprendizado da ciência, essa coisa tão importante para o projeto *Brasil grande potência*? E eu fico a me perguntar se o problema não está justamente aqui. Um bem-te-vi que consiga ser aprovado com distinção na escola dos urubus pode ser muito inteligente para os urubus. Bem-te-vi é que ele não é. Não passa de um degenerado. E aqui volto à moral da estória do Pinóquio às avessas, que ainda vou escrever, aquela mesma que causou o espanto: por vezes, a maior prova de inteligência se encontra na recusa em aprender.

É que o corpo tem razões que a didática ignora. Vomitar é doença ou é saúde? Quando o estômago está embrulhado, aquela terrível sensação de enjoo, todo mundo sabe que o dedo no fundo da garganta provocará a contração desagradável mas saudável. Fora com a coisa que violenta o corpo! Nietzsche dizia em certo lugar (não consegui encontrar a citação) que ele amava os estômagos recalcitrantes, exigentes, que escolhiam a sua comida, e detestava os avestruzes, capazes de passar em todos os testes de inteligência, por sua habilidade de digerir tudo. Estômago exigente, capaz de resistir e de vomitar. Em cada vômito uma denúncia: a comida é imprópria para a vida.

E eu me pergunto se esse tão denunciado e tão chorado fracasso da educação brasileira não será antes um sinal de esperança, de que continuamos capazes de discernir o que é bom para o corpo daquilo que só é bom para o lucro. Esquecer depressa: não é essa a forma pela qual a cabeça vomita a comida de urubu que lhe foi imposta? Cursinho vestibular, exame vestibular: banquete de urubu? É fácil saber. Que se sirva a mesma comida, seis meses depois.

Uma ideia a ser explorada: para educar bem-te-vi é preciso gostar de bem-te-vi, respeitar o seu gosto, não ter projeto de transformá-lo em urubu. Um bem-te-vi será sempre um urubu de segunda categoria. Talvez, para se repensar a educação e o futuro da ciência, devêssemos começar não dos currículos-cardápios, mas do desejo do corpo que se oferece à educação. É isto: começar do desejo...

O que as ovelhas dizem dos lobos

Eu gosto de contar estórias. É que elas dizem o que têm a dizer de forma curta e descomplicada. Não precisam de muitas explicações. E qualquer um entende. Isso além de se darem ao luxo de permitir que se junte uma pitada de humor ao que se conta. O que provoca o riso numa das partes da torcida, que irá repeti-las muitas vezes dali para a frente... Uma boa risada vale mais que muitos argumentos. A outra parte, é claro, vai ficar danada da vida, como o rei que se descobriu de cuecas no meio da parada... E aqui vai mais uma...

Muitos anos atrás um cordeiro, totalmente comprometido com o ideal do conhecimento objetivo, decidiu que já era tempo de descobrir a verdade sobre os lobos. Até aquele momento só ouvira estórias escabrosas, sempre contadas por testemunhas suspeitas, gente que tinha preconceito contra os pobres bichos. Quem eram os lobos? Ele decidiu que, para ter a verdade, seria necessário abandonar, como indignos de confiança, os testemunhos de terceiros.

Ninguém conhecia os lobos melhor que os lobos. Que se fosse diretamente a eles. O cordeiro escreveu então uma carta a um filósofo-lobo com uma questão simples e direta: "O que são os lobos?". O filósofo-lobo respondeu imediatamente, como convém a alguém que pertence à comunidade do saber. E disse tudo. As formas dos lobos, tamanhos, cores, hábitos sociais, tendências estéticas... Vez por outra

25

ele parava para pensar se a cozinha dos lobos e suas predileções alimentares eram questões de interesse filosófico e ontológico. E sempre riscava a primeira linha do relatório. Afinal de contas, ele dizia, os hábitos alimentares dos lobos são acidentais, culturalmente condicionados. Não pertencem à nossa essência. O cordeiro, ao receber a carta, deu pulos de alegria. Ele estava certo. Quantas mentiras tinham sido espalhadas acerca dos lobos. Mas, agora, testemunha de primeira mão, sabia finalmente quem eram os lobos, almas irmãs, animais de carne e osso neste mundo de Deus. E até resolveu visitar o lobo, para debates filosóficos face a face. E foi só então que ele aprendeu, tarde demais, que alguma coisa não fora dita no relato do lobo. Ah! Faltavam informações sobre os seus hábitos alimentares. Descobrira agora, de forma final e irremediável, que, para um cordeiro, um lobo é, antes de mais nada, um bicho cuja comida favorita é churrasco de cordeiro...

Toda estória tem uma moral... A desta é muito simples: se você quiser saber quem são os lobos, não pergunte a eles. É mais seguro acreditar nos cordeiros.

Essa moral não é novidade. É sabedoria velha, a "arte da desconfiança". Não me entendam mal. Não estou denegrindo a moral dos lobos. Nem estou dizendo que eles têm más intenções. O problema é pior. Na realidade eles não possuem alternativas. Os lobos estão condenados a ver o mundo como lobos... Maneira única de ver o universo, metafísica própria, ontologia singular: os deuses são sempre lobos e cordeiros, por ordenação divina, estão destinados (oh!, nobre vocação!) a serem comidos pelos lobos... Não adianta aos lobos expandir a sua ciência: os resultados confirmarão sempre a sua hipótese de trabalho. E é por isso que é necessário ouvir o outro lado, as vítimas...

Para minha surpresa, quando contei esta estória pela primeira vez, a aplicação de sua moral provocou um inesperado tumulto e protestos indignados. Vou explicar. Tudo aconteceu numa reunião internacional em que cientistas, técnicos, estudantes e representantes de credos religiosos se reuniram para conversar sobre o futuro incerto deste belo mundo

em que vivemos. E, como não poderia deixar de ser, especialmente considerando-se o lugar, o MIT,* santuário da técnica, a coisa começou com uma fala sobre a ciência. Discurso lindo, gerado em observatório astronômico, no êxtase da contemplação de galáxias distantes, vistas e pensadas em meio à abundância de ciência de observatório de país rico, protegido das coisas mesquinhas e efêmeras da Terra. Ah! Como é belo e tranquilizante contemplar o universo, impassível e misterioso... Também eu amo os céus estrelados e, se pudesse, trataria de fazer algo para que a meninada de nossas escolas aprendesse a ouvir as vozes do firmamento. Elas nos fazem mais modestos e humildes. Talvez mais sábios. Mas o problema apareceu justamente aí: aquele homem astrônomo, íntegro no seu trabalho, apaixonado pelo seu saber, acima dos demais mortais, estava condenado a falar sobre a ciência a partir da beleza pura de sua bolha de sabão. E suas palavras foram descrevendo a ciência, maravilhosa e livre de enganos, pura de más intenções, madona virginal, ser angelical... Nenhuma palavra sobre os seus hábitos alimentares...

E foi aqui que apareceu o desdobramento perverso da primeira parte da moral da estória. Se você quiser saber quem são os lobos, não pergunte a eles. É mais seguro acreditar nos cordeiros. Se você quiser saber o que é a ciência, não pergunte aos cientistas. Pergunte às vítimas...

Foi então que o pandemônio se estabeleceu. Claro que me assustei. Porque pensei que não estava dizendo nada de insólito. Tratava-se apenas de uma pequena pitada de sabedoria que não inventei, coisa já velha, que tem a ver com a teoria das ideologias e com a psicanálise, para não nos referirmos a textos sagrados milenares, que dizem que devemos prestar pouca atenção àquilo que as pessoas dizem e observar com atenção o que elas fazem. Pobre cordeiro: se tivesse sabido disso, não teria virado churrasco... O que ofendeu a todos foi imaginar que a ciência pudesse ter hábitos alimentares...

---

* Massachusetts Institute of Technology.

Todos concordam que, para conhecer a polícia, é preciso não levar muito a sério as declarações oficiais que seus altos funcionários produzem. É necessário ouvir a fala dos que sofreram por equívocos e não equívocos. E se se deseja saber sobre os bancos, será sábio não acreditar nos comerciais de televisão, com xícaras de café e gerentes sorridentes, chaves mágicas e celebrações de Ações de Graças. Há outras estórias para serem contadas. E se se deseja saber sobre as instituições religiosas, que se procurem, do outro lado de suas celebrações, os testemunhos dos equívocos, das intolerâncias e das inquisições... Isso é procedimento científico que vale para todas as instituições. Seria ridículo que a ciência apenas não quisesse aplicar a si mesma a "arte da desconfiança" que ela aplica, como um cirurgião, sobre as outras instituições. Afinal de contas, a receita do purgante é dela mesma. Que ela não tenha medo da cura que ela mesma receita.

O urso burro

Há a estória dos dois ursos que caíram numa armadilha e foram levados para um circo. Um deles, com certeza mais inteligente que o outro, aprendeu logo a se equilibrar na bola e a andar no monociclo, o seu retrato começou a aparecer em cartazes e todo mundo batia palmas: "Como é inteligente!". O outro, burro, ficava amuado num canto, e, por mais que o treinador fizesse promessas e ameaças, não dava sinais de entender. Chamaram o psicólogo do circo e o diagnóstico veio rápido: "É inútil insistir. O Q.I. é muito baixo...".

Ficou abandonado num canto, sem retratos e sem aplausos, urso burro, sem serventia... O tempo passou. Veio a crise econômica e o circo foi à falência. Concluíram que a coisa mais caridosa que se poderia fazer aos animais era devolvê-los às florestas de onde haviam sido tirados. E, assim, os dois ursos fizeram a longa viagem de volta.

Estranho que em meio à viagem o urso tido por burro parecesse ter acordado da letargia, como se ele estivesse reconhecendo lugares velhos, odores familiares, enquanto seu amigo de Q.I. alto brincava tristemente com a bola, último presente. Finalmente, chegaram e foram soltos. O urso burro sorriu, com aquele sorriso que os ursos entendem, deu um urro de prazer e abraçou aquele mundo lindo de que nunca se esquecera. O urso inteligente subiu na sua bola e começou o número que sabia tão bem. Era só o que sabia fazer. Foi então que ele entendeu, em meio às memórias de gritos de crianças, cheiro de pipoca, música de banda, saltos de trapezistas e peixes mortos servidos na boca, que há uma inteligência que é boa para circo. O problema é que ela não presta para viver. Para exibir sua inteligência ele tivera de se esquecer de muitas coisas. E esse esquecimento seria sua morte. E podemos nos perguntar se o desenvolvimento da inteligência não se dá, sempre, à custa de coisas que devem ser esquecidas, abandonadas, deixadas para trás...

Esta estória tomou forma na minha cabeça quando li duas notícias de jornal que me fizeram rir e franzir a testa ao mesmo tempo. A primeira conta as desventuras de um astronauta que se ralou todo, rolando morro abaixo, na tentativa de escalar uma montanha. Sempre pensei em astronautas como seres especiais, peneirados por meio de testes do maior rigor, daqueles que investigam o fundo das células e o fundo da alma, de sorte que os poucos que resistem só podem ser os de físico mais apto e de inteligência mais aguda. E nem poderia ser de outra forma, porque do seu desempenho depende não só o sucesso de projetos que custam milhões de dólares como também o orgulho de milhões de pessoas que têm sua bandeira pintada no bico do foguete. Claro que o dono do circo não iria colocar na bola o urso burro. Seria o fiasco.

Depois li que nasceu o primeiro bebê, primogênito de uma nova estirpe de seres, resultado de um banco de esperma de pessoas muito inteligentes, bolado por um prêmio Nobel, o qual, com certeza, se inscreveu como doador número um.

A risada começou quando, lendo um pouco mais a primeira notícia, fiquei sabendo que as desventuras do astronauta se deviam ao fato de que, não contente por haver voado do outro lado da Lua, resolvera fazer viagens ao passado. E era exatamente isto que estava fazendo: escalando o monte Ararat que, segundo os relatos bíblicos, foi o lugar onde pousou a Arca de Noé. Tudo era simples para sua inteligência que aprendera muito e, para isso, tivera de esquecer. Esquecera-se de que mapas de astronomia não podem ser colados aos mapas da mitologia, porque os mapas da astronomia referem-se aos espaços de fora, enquanto os mapas da mitologia referem-se aos espaços de dentro, espaços de um passado que a imaginação transformou em horizonte. Daí o fim triste da expedição, escorregão, quem sabe, num detrito fossilizado de elefante... É. Há uma inteligência que é boa para circo, mas não é boa para outras coisas.

A outra estória, mais hilariante, começa a provocar gargalhadas no momento em que a imaginação reconstitui a terrível cena de um senhor respeitável, detentor do prêmio maior do saber científico, envolvido nos esforços preliminares à doação do suco mágico da vida e da inteligência, convencido de que, dessa forma, uma nova estirpe de gênios estaria se iniciando, esperança de um mundo novo. De novo, o tragicômico está na ignorância dos mitos. Agora não os mitos milhares de anos antigos, mas os mitos particulares e privados de arrogância e superioridade, que vão junto com a confissão silenciosa: "O mundo seria maravilhoso se todos fossem iguais a mim...".

É, sempre que a inteligência se destaca de um lado, alguma coisa fica esquecida do outro. Aleijão.

Claro que o urso teve de se esquecer de tudo o mais para aprender a andar na bola: concentração, disciplina, coordenação motora. Coisa semelhante às exigências da especialização. Para nos especializarmos em algo, tirar nota máxima, ganhar aplausos, retratos nos cartazes e até prêmio Nobel, é necessária aquela intensidade de concentração que nos obriga a esquecer do resto. E não existe nada de basicamente errado com isso. É graças a essa disciplina que temos pianistas, poetas, cirurgiões e mecânicos. O problema está na confusão que fazemos entre andar na bola e inteligência. Mas aí há sempre alguma coisa que foi esquecida. Coisa da qual, talvez, dependam a nossa vida e a nossa morte. Uma sociedade de especialistas é uma sociedade que se esqueceu de que, para sobreviver, não basta andar na bola...

Os antigos usavam a palavra *sapiência*. *Sapiência* quer dizer conhecimento que tem sabor. Ainda hoje dizemos: "Isto sabe bem". Saber é sentir o sabor. Mas sabor é aquilo que se encontra às portas do corpo, prestes a ser engolido. O que importa aqui não é a *performance* extraordinária, coisa de circo, mas uma capacidade para avaliar se a coisa é boa para a vida ou não. Para se construir uma bomba atômica é preciso ser muito inteligente. Para se tomar a decisão de desmontar todas elas é necessário ser sábio. A solução do problema do crescimento econômico exige muita inteligência. A opção por um estilo de vida diferente precisa de muita sabedoria. Como os dois ursos nos ensinaram, um com um sorriso alegre e o outro com um sorriso amargo, a sabedoria, com frequência, mora do outro lado da inteligência.

oiuqóniP

Prometi e fiquei devedor. Disse antes que era um dever de honestidade contar a estória do Pinóquio às avessas. Depois de muito pensar, concluí que honestidade é pouco. É bondade que devemos às crianças. É preciso quebrar o feitiço das estórias que se repetem... Um bonequinho de pau, tão inofensivo... Mas já se tornou hóspede da imaginação dos meninos, e vai repetindo suavemente aquelas lições que dizem que quem não vai à escola não chega a ser humano. Claro que há pessoas que se metamorfoseiam em burros, havendo mesmo algumas que alcançam a dignidade de mulas sem cabeça. O que é duvidoso é que o agente de tão dramática transformação seja a falta da escola. As evidências indicam a falsidade da hipótese: as crianças de carne e osso que entram, para saírem transformadas em bonecos de pau...

Assim, peço licença ao leitor acostumado ao sisudo discurso da ciência. Quero brincar de Lewis Carroll. Entrar, mãos dadas com a Alice, espelho adentro, onde tudo acontece às avessas. Há uma magia nas imagens invertidas. Parece que, para se ver bem o real, é necessário pôr os óculos da fantasia. E assim começa a estória às avessas...

Era uma vez um menininho, de carne e osso, igual a tantos, que se deleitava nas coisas simples que a vida dá. Ria nos seus mundos de faz de conta, voava nas asas dos urubus, assustava os peixes, nariz achatado nos vidros dos aquários, assobiava para os perus, andava na chuva – todas essas coisas que as crianças fazem e os adultos desejam fazer, e não fazem, por vergonha. Sua vida escorria feliz por cima do desejo.

Não sabia que uma conspiração estava em andamento. Tudo começara bem antes, quando um nome lhe fora dado. Nome do pai. Claro, confissão de intenções: que o menino sem nome e sem desejos aceitasse como seus o nome e os desejos de um outro que ele nem mesmo conhecia. Filho, extensão do pai, realização de desejos não realizados, sobrevivência do seu corpo, uma pitada de onipotência, uma gota de imortalidade.

"Que é que ele vai ser quando crescer? Médico? Diplomata? Cientista?" E as conversas se prolongavam, temperadas com sorrisos e boas intenções, enquanto silenciosas se teciam as malhas do desejo em que pai e mãe esperavam colher/acolher/encolher o menino dos desejos simples...

Até que chegou o dia em que lhe foi dito:

– É preciso ir para a escola. Todos os meninos vão. Para se transformarem em gente. Deixar as coisas de criança. Em cada criança brincante dorme um adulto produtivo. É preciso que o adulto produtivo devore a criança inútil.

E assim aconteceu. Há certos golpes do destino contra os quais é inútil lutar.

O menino de carne e osso aprendeu coisas curiosas: nomes de heróis, frases que teriam dito, as alturas de montes onde nunca subiria, as funduras de mares onde nunca desceria, a distância de galáxias, o "se", partícula apassivadora, o "se", símbolo de indeterminação do sujeito, nomes de cidades de países longínquos, suas populações e riquezas, fórmulas e mais fórmulas...

Sabia que tudo aquilo deveria ter um motivo. Só que ele não entendia. O desejo permanecia selvagem. E disso eram prova aquelas notas vermelhas no boletim, testemunhas de como o menino cavalgava longe do desejo dos outros, conspiradores secretos, escondidos na monotonia dos currículos que não faziam o seu corpo sorrir...

– Pra que serve tudo isto? – ele perguntava.

O pai respondia, sábio e paciente:

– Um dia você saberá. Por ora basta saber que papai sabe o que é melhor para o seu filho...

O menino cresceu. E aconteceu que, em meio às suas rotinas, veio a se encontrar com dois cavalheiros bem-vestidos e de fala branda, que se puseram a contar estórias de um mundo encantado sobre o qual ele nunca ouvira falar. Eles disseram de heróis em aventais brancos, cavalgando microscópios e telescópios, brandindo máquinas fantásticas e aparelhos misteriosos, em meio a líquidos mágicos que faziam viver e morrer, encastelados em templos onde as coisas visíveis ficavam invisíveis e as coisas invisíveis ficavam visíveis, e lhe disseram de prodígios de verdade, e lhe perguntaram se ele não desejava se transformar num mago, num artista... A recompensa? O poder, o conhecimento de segredos que ninguém conhece, a glória, ser olhado por todos como um ser diferente, sublime, superior. Se os seus prodígios fossem maiores que os de todos, ele poderia aparecer no palco supremo da ciência, em país distante, onde os mortais se revestem de imortalidade...

O menino grande se lembrou dos sonhos do menino pequeno. E sorriu. Finalmente, chegara o momento da sua realização. Estranhou que os narizes dos respeitáveis cavalheiros tivessem crescido enquanto falavam. Mas logo o tranquilizaram:

– É só pra te cheirar melhor, meu filho...

Começaram as transformações. Primeiro os olhos. Já não refletiam outros olhares nem borboletas...

Aprenderam a concentração, a disciplina. Depois o corpo, que desaprendeu a dança, o voo dos papagaios e o brinquedo. Era necessário dedicar-se totalmente. Os pensamentos abandonaram as fantasias e os contos de fadas. Passaram a morar no mundo das fórmulas e dos experimentos. Até o prazer da comida se satisfez com os sanduíches rápidos do almoço, e na cama o corpo se esqueceu do corpo...

E aprendeu coisas preciosas. Que o corpo do cientista é neutro. Que ele não se comove por considerações de valor ou prazer. Que está acima da vida e da morte (isso é coisa de políticos, militares e clérigos), em dedicação total ao saber. Bastava-lhe ser um devotado servidor do progresso da ciência.

Mas tantos sacrifícios acabaram por receber merecida recompensa. A sorte soprou, favorável, e de seu corpo diferente surgiu uma nova magia, e o palco da imortalidade lhe foi aberto. Lá, perante todos, compreendeu que valera a pena. Duas lágrimas lhe rolaram pela face.

Já não era o menino de outrora, carne e osso. Crescera. Estava diferente. Os aplausos de madeira enchiam a sala. Era a glória. E foi então que o milagre aconteceu. O recinto se encheu de suave luminosidade, e a Mosca Azul, que até então só habitara os seus sonhos, veio de longe e roçou seu rosto com suas asas. E a grande transformação aconteceu. Era um boneco de madeira, inteligência pura, sem coração. E os milhares de bonecos, iguais, de pé, não paravam de tamanquear os seus aplausos ao novo irmão, enquanto gritavam o seu nome: "Pinóquio, Pinóquio, Pinóquio...".

Cinderela para tempos modernos

Era uma vez um casal que era feliz sem ser rico. O pai era professor, gostava de brincar com as crianças e achava que ler era a coisa mais divertida do mundo. A mãe era artista e tocava flauta doce. Moravam numa casa modesta, com um jardim na frente e um pomar nos fundos. Tinham uma filha chamada Bruna. Desde pequena, Bruna dormia ouvindo sua mãe tocar flauta e seu pai contar estórias. Cresceu, assim, amando música e leitura, coisas que trazem alegria e tornam bonita a alma.

Ao lado de sua casa vivia um casal que era rico e infeliz. A mãe se chamava Monique. Era muito bonita e adorava aparecer nas colunas sociais. A beleza requer cuidados constantes. Monique, assim, gastava seu tempo e seu dinheiro com cabeleireiros, manicures, clínicas de estética, *spas*, regimes, operações plásticas, lojas, perfumes e joias. Suas duas filhas se chamavam Michelle e Brigitte, nomes franceses que, para ela, eram o máximo de elegância. Monique fora uma educadora bem-sucedida, tanto assim que suas filhas em tudo se pareciam com ela. Gostavam de tudo de que sua mãe gostava e gastavam tanto quanto sua mãe gastava. Com vidas assim socialmente intensas, não lhes sobrava tempo para coisas de somenos importância que nada acrescentavam à sua beleza, tais como poesia e música. O pai era um homem solitário deixado num

canto, pois não conseguia conversar nem com sua mulher, nem com suas filhas. Refugiou-se numa edícula que fez construir no fundo do quintal. Ali se trancava e se dedicava à leitura e à música. O livro de que mais gostava era *A morte de Quincas Berro d'Água*, de Jorge Amado, porque julgava que ele e Quincas Berro d'Água estavam ligados por um destino comum.

Aconteceu, entretanto, que a mãe de Bruna morreu. Não houve sepultamento porque ela pediu para ser cremada e suas cinzas foram soltas ao vento sobre o mar.

Na mesma ocasião, o marido de Monique resolveu seguir o exemplo de Quincas Berro d'Água. No dia da sua aposentadoria, que ele mantivera em segredo, voltou para casa do trabalho, foi para seu quarto, pegou uma mala e nela colocou suas roupas. Encaminhou-se, então, sorrateiramente para a porta da saída, no que foi visto por sua mulher e suas filhas. Elas começaram a esbravejar todas ao mesmo tempo, pedindo explicações para aquele ato insólito: "Como se atreve a sair assim, sem permissão, carregando uma mala?". Ele as olhou em silêncio, lembrou-se de Quincas Berro d'Água, ficou vermelho e soltou um urro que foi ouvido em todo o quarteirão: "Jararacas!". Com essa palavra serpentina, saiu de casa e nunca mais foi visto.

Monique não sentiu a menor falta do marido. Sentiu mesmo um certo alívio. Mas mulher sem marido fica sempre numa situação embaraçosa em festas e jantares. Sem o marido, era como se ela estivesse sem um sapato. Não ia socialmente bem. Por isso, ela ficou logo de tocaia, à espera do momento oportuno para lançar seu charme sobre o pai de Bruna, vizinho viúvo disponível. Ele seria o sapato que lhe faltava. E o impossível aconteceu. Roído pela tristeza, enfraquecido nos miolos, ele se apaixonou pela megera. Isso não é de estranhar porque, assim como os homens mais saudáveis podem, repentinamente, ficar gravemente doentes, os homens mais sábios podem, repentinamente, ter um surto de loucura. Contrariando os conselhos de Bruna, que percebia o que estava acontecendo, seu pai se casou com Monique, em cuja casa foram morar, porque era muito maior.

Mas a felicidade durou pouco. Porque a felicidade depende da capacidade das pessoas de conversar longamente, mansamente, numa boa. Conversa é como frescobol, bola pra lá, bola pra cá. Bruna e seu pai jogavam com livros, poesia, música, pintura, jardinagem. Mas Monique, Michelle e Brigitte só sabiam jogar com festas, vestidos e colunas sociais.

Bruna, então, era deixada nos cantos, sozinha. Passou a ser motivo de zombaria. Até que se cansou e tomou a decisão de se refugiar na edícula do fundo do quintal, onde se dedicava a ler e a tocar flauta doce, de um jeito parecido ao da Gata Borralheira, que se refugiara na cozinha, longe da madrasta e de suas filhas malvadas.

Vivia naquela cidade um empresário muito rico. Era viúvo e tinha um só filho, que nascera cego. Seu pai, entristecido, deu-lhe um nome lindo, tirado de um antiquíssimo mito grego. Era o nome de um sábio que era cego: Tirésias. Tirésias era um lindo jovem, corpo harmonioso, inteligente, culto e destinado a herdar a fortuna do pai. Seu pai se angustiava pensando que, com sua morte, o filho ficaria sozinho. Cego, ele precisava arranjar uma esposa que cuidasse dele. Com o que Tirésias concordava: "É certo, meu pai. Mas eu só me casarei com uma mulher com quem terei prazer em conversar até o fim dos meus dias, uma mulher que seja sensível e culta...".

Onde descobrir tal esposa para seu filho? Ele teve, então, uma ideia: um baile! Tirésias dançava maravilhosamente! Flutuava no escuro! Dançando, tendo uma moça em seus braços, eles conversariam... E quem sabe assim ele descobriria a mulher com quem teria prazer em conversar pelo resto de sua vida!

Dito e feito. Anunciou-se o baile. Todas as jovens e suas mães se agitaram. As mães sonham sempre com um genro rico... Michelle e Brigitte fizeram vestidos novos, foram ao cabeleireiro, à manicure, escolheram joias e perfumes. Quando viram Bruna, caíram na risada. Bruna usava um velho vestido que sua mãe lhe fizera. E ela mesma penteara seus cabelos. "Você não tem vergonha? Está parecendo uma mendiga. Todos vão rir de você!" Bruna não disse nada. Não tinha nada para dizer.

O salão de bailes estava cheio de moças lindas e chiques. A orquestra começou a tocar. As mães, esperançosas, traziam suas filhas até Tirésias. Ele as tomava delicadamente, começava a dançar e lhes fazia uma única pergunta: "Fale-me sobre as coisas de que você mais gosta!".

As jovens, que só conheciam o mundo da visão, falavam de vestidos, viagens, festas, televisão... Tirésias pensava: "Não, não terei prazer em conversar com essa moça até o fim de minha vida...". Pedia licença, parava de dançar e começava a dançar com outra jovem. E a mesma coisa se repetia. Tirésias já havia perdido as esperanças, quando chegou a vez de Bruna. "Fale-me sobre as coisas de que você mais gosta", ele lhe disse. E ela começou a falar sobre livros, sobre poesia, sobre música... Tirésias ficou encantado. Não queria parar de dançar. Bruna ficou em silêncio. Tirésias então lhe disse: "Quando te vi amei-te já muito antes...". Esse é um verso de Fernando Pessoa, a mais linda declaração de amor jamais escrita! Bruna não deixou que ele terminasse. Completou o segundo verso: "Tornei a encontrar-te quando te achei...". O rosto de Tirésias se encheu de felicidade. Abriu-se num sorriso. Ah! Aquela moça conhecia o seu mundo! Com ela, ele poderia conversar pelo resto de sua vida!

Michelle e Brigitte, que observavam de longe, perceberam o que estava acontecendo e decidiram interferir. O relógio da igreja batia as 12 badaladas: meia-noite! As duas correram para Bruna e lhe contaram uma mentira: "Seu pai telefonou. Acabou de chegar de viagem. Está com dores no peito. Pode ser um infarto. Pediu que você vá para levá-lo ao hospital...". Bruna não hesitou. Saiu correndo, deixando Tirésias com os braços vazios...

O rosto de Tirésias se cobriu de tristeza. Havia deixado escapar o amor que sempre procurara. Nem mesmo seu nome ele sabia. Como encontrá-la? Parou de dançar e saiu do salão. E com isso a festa acabou.

Na cama, sem dormir, ele pensava: "O que fazer para encontrá-la?". Até que uma maravilhosa ideia lhe ocorreu. Convidou todas as moças a que viessem conhecer o seu jardim. Foi um alvoroço geral! Quem sabe uma delas seria escolhida!

Tirésias as recebia, uma a uma, assentado num banco do jardim. Os jasmins estavam floridos. O perfume era delicioso! Quando elas se assentavam, ele dizia uma única frase. E ficava em silêncio. As moças se sentiam perdidas, sem saber o que dizer. Começavam a tagarelar, dizendo tolices. Ele, então, delicadamente as despedia e pedia que uma outra entrasse. E a mesma coisa acontecia.

Até que chegou a vez de Bruna. Tirésias não a reconheceu. Não podia ver seu rosto. Disse, então, a mesma frase que dissera para todas: "Quando te vi, amei-te já muito antes...". E Bruna completou: "Tornei a encontrar-te quando te achei...".

Não precisaram dizer palavra alguma. Abraçaram-se, rindo de felicidade. A busca chegara ao fim.

O casamento foi marcado e todas as moças, suas mães e seus pais foram convidados.

A festa foi maravilhosa, com música, danças, fontes luminosas, sinos, fogos de artifício, e coisas deliciosas de beber e comer.

E todas as jovens receberam, como recordação, um presente de Tirésias: um livro, embrulhado e amarrado com uma fita amarela: *Obra poética*, de Fernando Pessoa, com uma dedicatória que dizia assim: "Esperamos, Bruna e eu, que você aprenda a gostar de poesia. Pois é da poesia que nasce o amor".

Quanto a Tirésias e Bruna, viveram felizes muitos anos, até a velhice, conversando sempre alegremente sobre as coisas que tornam bela a vida... E mesmo depois de esgotados os fogos efêmeros do amor jovem, eles continuaram a se amar aquecidos pela chama suave da ternura, até o fim.

O canto do galo

Meu pensamento é um devorador de imagens. Quando uma boa imagem me aparece, eu rio de felicidade e o meu pensador se põe a brincar com ela como um menino brinca com uma bola. Se me disserem que esse hábito intelectual não é próprio de um filósofo, que filósofos devem se manter dentro dos limites de uma dieta austera de conceitos puros e sem temperos, invocarei em minha defesa Albert Camus, que dizia que "só se pensa através de imagens".

Amo as imagens, mas elas me amedrontam. Imagens são entidades incontroláveis que frequentemente produzem associações que o autor não autorizou. Os conceitos, ao contrário, são bem-comportados, pássaros engaiolados. As imagens são pássaros em voo... Daí o seu fascínio e o seu perigo.

Mas eu não consigo resistir à tentação. Assim, vai uma parábola que me apareceu, com todos os riscos que ela implica:

Era uma vez um granjeiro que criava galinhas. Era um granjeiro incomum, intelectual e progressista. Estudou administração para que sua granja funcionasse cientificamente. Não satisfeito, fez doutorado em criação de galinhas. No curso de administração aprendeu que, num negócio, o essencial é a produtividade. O improdutivo dá prejuízo; deve, portanto, ser eliminado.

Aplicado à criação de galinhas, esse princípio se traduz assim: galinha que não bota ovo não vale a ração que come. Não pode ocupar espaço no galinheiro. Deve, portanto, ser transformada em cubinhos de caldo de galinha.

Com o propósito de garantir a qualidade total de sua granja, o granjeiro estabeleceu um rigoroso sistema de controle da produtividade das suas galinhas. Produtividade de galinhas é um conceito matemático que se obtém dividindo-se o número de ovos botados pela unidade de tempo escolhida. Galinhas cujo índice de produtividade fossem iguais ou superiores a 250 ovos por ano podiam continuar a viver na granja como galinhas poedeiras. O granjeiro estabeleceu, inclusive, um sistema de "mérito galináceo": as galinhas que botavam mais ovos recebiam mais ração. As galinhas que botavam menos ovos recebiam menos ração. As galinhas cujo índice de produtividade fosse igual ou inferior a 249 ovos por ano não tinham mérito algum e eram transformadas em cubinhos de caldo de galinha.

Acontece que conviviam, com as galinhas poedeiras, galináceos peculiares que se caracterizavam por um hábito curioso. A intervalos regulares e sem razão aparente, eles esticavam os pescoços, abriam os bicos e emitiam um ruído estridente e, ato contínuo, subiam nas costas das galinhas, seguravam-nas pelas cristas com o bico e obrigavam-nas a se agachar. Consultados os relatórios de produtividade, verificou o granjeiro que isso era tudo o que os galos – esse era o nome daquelas aves – faziam. Ovos, mesmo, nunca, jamais, em toda a história da granja, qualquer deles havia botado. Lembrou-se o granjeiro, então, das lições que aprendera na escola, e ordenou que todos os galos fossem transformados em cubos de caldo de galinha.

As galinhas continuaram a botar ovos como sempre haviam botado: os números escritos nos relatórios não deixavam margens a dúvidas. Mas uma coisa estranha começou a acontecer. Antes, os ovos eram colocados em chocadeiras e, ao final de 21 dias, eles se quebravam e de dentro deles saíam pintinhos vivos. Agora, os ovos das mesmas galinhas, depois de 21 dias, não quebravam. Ficavam lá, inertes. Deles não saíam pintinhos. E se ali continuassem por muito tempo, estouravam e de dentro deles o que saía era um cheiro de coisa podre. Coisa morta.

Aí o granjeiro científico aprendeu duas coisas:

Primeiro: o que importa não é a quantidade dos ovos; o que importa é o que vai dentro deles. A forma dos ovos é enganosa. Muitos ovos lisinhos por fora são podres por dentro.

Segundo: há coisas de valor superior aos ovos, que não podem ser medidas por meio de números. Coisas sem as quais os ovos são coisas mortas.

Essa parábola é sobre a universidade. As galinhas poedeiras são os docentes. Corrijo-me: docente não. Porque docente quer dizer "aquele que ensina". Mas o ensino é, precisamente, uma atividade que não pode ser traduzida em ovos; não pode ser expressa em termos numéricos. A designação correta é pesquisadores, isto é, aqueles que produzem artigos e os publicam em revistas internacionais indexadas. Artigos, como os ovos, podem ser contados e computados nas colunas certas dos relatórios. As revistas internacionais indexadas são os ninhos acreditados. Não basta botar ovos. É preciso botá-los nos ninhos acreditados. São os ninhos internacionais, em língua estrangeira, que dão aos ovos a sua dignidade e o seu valor. A comunidade dos produtores de artigos científicos não fala português. Fala inglês.

O resultado da pressão *publish or perish*, bote ovos ou sua cabeça será cortada: a docência termina por perder o sentido. Quem, numa universidade, só ensina não vale nada. Os alunos passam a ser trambolhos para os pesquisadores: estes, em vez de se dedicarem à tarefa institucionalmente significativa de botar ovos, são obrigados pela presença de alunos a gastar o seu tempo numa tarefa irrelevante: ensino não pode ser quantificado (quem disser que o ensino se mede pelo número de horas-aula é um idiota).

O que está em jogo é uma questão de valores, uma decisão sobre as prioridades que devem ordenar a vida universitária: se a primeira prioridade é desenvolver, nos jovens, a capacidade de pensar, ou se é produzir artigos para atender à exigência da comunidade científica internacional de *publish or perish*.

Eu acho que o objetivo das escolas e universidades é contribuir para o bem-estar do povo. Por isso, sua tarefa mais importante é desenvolver, nos cidadãos, a capacidade de pensar. Porque é com o pensamento que se faz um povo. Mas isso não pode ser quantificado como se quantificam ovos botados. Sugiro que as nossas universidades, ao avaliarem a produtividade dos que trabalham nela, deem mais atenção ao canto do galo...

Raposa não pega urubu...

O galinheiro estava em polvorosa. Cocorocós de galos, cacarejos de galinha, *tofracos* de angolinhas, pios de pintinhos – tudo se misturava num barulho infernal. É que todos haviam sido convocados para uma assembleia para tratar de um assunto de grande importância, qual seja, o fato de vários ovos de um ninho terem sido comidos por um ladrão. E as pegadas eram inconfundíveis: o ladrão era uma raposa. Com um sonoro cocorocó, o galo Chantecler pediu silêncio, expôs o problema e franqueou a palavra.

Encarapitado no galho de uma goiabeira, um galinho garnisé cantou estridente, sacudiu a crista para um lado e a barbela para o outro e se pôs a discursar. Era o Mundico, que viera de uma cidade grande e era formado em sociologia. Ele adorava discursar.

Companheiros [ele começou], peço a sua atenção para as ponderações que vou fazer acerca da crise conjuntural em que nos encontramos. Charles Darwin foi o primeiro a mostrar que a história dos bichos é marcada pela luta de classes: os mais fortes devoram os mais fracos. Os leões comem os veados, os lobos comem os cordeiros, os gaviões comem as pombas, as raposas comem as galinhas. Os mais aptos sobrevivem; os outros morrem. Assim, a crise conjuntural em que nos encontramos nada mais é que uma manifestação da realidade estrutural que rege a história dos bichos. E o que é que faz com que as raposas sejam mais aptas do que nós? As raposas são mais aptas e nos devoram porque elas detêm o monopólio de um saber que nós não temos. Somente nos libertaremos do jugo das raposas quando nos apropriarmos dos saberes que elas têm. E como se transmitem os saberes? Por meio da educação. Sugiro então que empreendamos uma reforma em nossos currículos e programas. Se, até hoje, nossos currículos e programas ensinavam aos nossos filhos saberes galináceos, de hoje em diante eles ensinarão saberes de raposa. Primeiro, teremos de educar os nossos olhos para que eles passem a ver como veem as raposas. Onde é que as raposas têm os seus olhos? Na frente do focinho. E os nossos olhos onde estão? Do lado. Educaremos os nossos olhos para que eles aprendam a olhar para frente. Segundo: teremos de reeducar o nosso andar. Raposas andam com quatro patas. Por isso valem o dobro que nós, que só temos duas patas. Como transformar duas patas em quatro? É simples. Por meio de um processo de adição. Nós, galinhas e galos, bípedes, passaremos a andar aos pares, um na frente, outro atrás, o de trás segurando o traseiro do que vai à frente, e assim seremos quadrúpedes. Terceiro: as raposas têm pelos, enquanto nós temos penas. Teremos de nos livrar de nossas penas para que no seu lugar cresçam pelos. E os nossos rabos, ridículos uropígios, estimulados pelos pelos, se alongarão para trás e se transformarão em rabos de raposa. Quarto: as raposas têm focinhos e nós temos bicos. Mas o que é um focinho? Focinho é uma coisa sem bico. Ora, bastará então que extraiamos os nossos bicos para termos focinhos como as raposas. Assim, pela educação, nós nos apropriaremos dos saberes das raposas, espécie que por tantos milênios nos tem dominado. Será, então, o advento da liberdade!

Mundico se calou. Todos estavam *biquiabertos* com sua eloquência. Todos o aplaudiram. E todos concordaram com o seu projeto educacional. Galos e galinhas arrancaram uns aos outros as suas penas e, pelados, aguardavam o crescimento dos pelos. Por meio de exercícios apropriados, movimentavam seus olhos para que eles aprendessem a olhar para frente. Desbicaram-se, lixando seus bicos em pedras ásperas. E andavam, como Mundico dissera, aos pares, um na frente e outro agarrado atrás...

Mas parece que o currículo de raposa não deu resultado. A raposa continuou a comer ovos dos ninhos e chegou mesmo a devorar um pintinho distraído. Começaram, então, a imaginar que ela tivesse também devorado o Sesfredo, um galo velho de pescoço pelado, vermelho, que cantava com sotaque caipira e que desaparecera.

Convocou-se então uma outra assembleia para discutir providências a serem tomadas ante o fracasso do currículo proposto por Mundico. Toda a população do galinheiro compareceu – para surpresa de todos, até mesmo o Sesfredo, que tomou lugar num galho de uma árvore muito alta, onde nenhum galo ou galinha jamais fora. "A gente pensava que você tivesse sido devorado pela raposa", cantou o Godofredo, forte galo índio. "Que nada", disse Sesfredo. "É que me internei no *spa* do Urubuzão pra fazer uma reciclagem de voo. Urubu é ave como nós. Mas raposa não come urubu. Raposa não come urubu porque urubu sabe voar. Raposa come galos e galinhas porque desaprendemos o uso de nossas asas..."

Nesse momento uma angolinha que ficara de sentinela deu o alarme: "Aí vem a raposa, aí vem a raposa, aí vem a raposa!". Houve pânico, correria, cada um correndo para um lado. Mas ninguém sabia voar. A raposa, valendo-se da confusão, abocanhou uma galinha garnisé, já depenada e desbicada...

Todo mundo entrou em pânico. Menos o Sesfredo. Lá de cima ele abriu as asas e voou alto, muito alto, até parecia um urubu... Assim é: ave que sabe voar, não há raposa que consiga pegar...

* * *

Esta fábula me apareceu quando ouvi uma pessoa justificando os currículos de nossas escolas, dizendo que eles contêm os saberes das classes dominantes a serem aprendidos pelas classes dominadas.

O país dos chapéus

Vivia num país de céu cor de anil um rei que muito amava o seu povo. Queria que o seu povo fosse feliz. Mas o seu povo não era feliz. Não era feliz porque não era inteligente. A prova de que não era inteligente estava no fato de que aquele povo não sabia ler e não gostava de ler. O rei passava seus dias e noites pensando: "Que fazer para que meu povo seja inteligente?". E como não sabia o que fazer para que seu povo ficasse inteligente, o rei ficou triste.

Viviam naquele país dois espertalhões, chapeleiros por profissão. Ficaram sabendo das razões da tristeza do rei. E maquinaram um plano para ganhar dinheiro à custa disso. Dirigiram-se ao palácio e se anunciaram: "Fizemos doutoramentos no exterior sobre a arte de tornar o povo inteligente". O rei ficou felicíssimo. "Por favor, expliquem-me essa ciência", ele lhes pediu. "Majestade, o que é que torna uma pessoa inteligente?" Com essa pergunta, abriram um álbum de fotografias. "Veja essas fotografias. Estão aqui as pessoas mais inteligentes da história. Em primeiro lugar, Merlin, o maior dos magos. Note que ele tem um chapéu de feiticeiro na cabeça." Viraram a página e lá estavam as fotos dos doutores de Oxford e Harvard. Todos eles de chapéu na cabeça, penduricalho pendurado ao lado.

Veja, agora [disseram eles ao virar mais uma página], o maior general de todos os tempos, Napoleão Bonaparte. Sabe Vossa Excelência a razão por que ele perdeu a batalha de Waterloo? Um espião inglês infiltrado lhe roubou o chapéu. Sem chapéu, ele não pôde competir com Wellington, que usava chapéu. E veja agora os grandes gênios da humanidade: Sigmund Freud, Winston Churchill, Santos Dumont, todos com chapéus na cabeça. Os chapéus dão inteligência. Propomos, então, um programa nacional: "Chapéus para todos"! Por pura coincidência, somos chapeleiros e teremos prazer em ajudá-lo na sua cruzada contra a burrice. Montaremos muitas fábricas e muitas lojas de chapéus. Todos poderão usar chapéus, desde que, é claro, o governo ofereça bolsas aos pobres deschapelados.

O rei ficou entusiasmadíssimo e lançou a campanha democrática "Chapéus para todos". Os *outdoors* se encheram de *slogans*: "É preciso usar chapéu para ter um bom emprego"; "Prepare-se para o mercado de trabalho: Use um chapéu"; "Garanta um futuro para o seu filho: Dê-lhe um chapéu!". Os pais, que queriam que seus filhos fossem inteligentes, faziam os maiores sacrifícios para lhes comprar chapéus. Havia festas para a cerimônia da "entrega dos chapéus". Perante um auditório lotado, anunciava-se o nome do jovem, o público explodia em palmas, ele se dirigia à mesa dos enchapelados e lá lhe era colocado um chapéu na cabeça. Os pais diziam, então, aliviados: "Cumprimos a nossa missão. Nosso filho tem um chapéu. Seu futuro está garantido. Podemos morrer em paz".

A indústria chapeleira progrediu. Até as cidades mais pobres anunciavam, com orgulho: "Também temos uma fábrica de chapéus...".

Agências internacionais, sabedoras da campanha "Chapéus para todos", trataram de medir os resultados dessa técnica pedagógica. Fizeram pesquisas para avaliar o efeito dos chapéus sobre os hábitos de leitura do povo. Mas o resultado da pesquisa foi desapontador. O número de chapéus na cabeça não era proporcional ao número de livros lidos. O rei ficou bravo. Mandou chamar os chapeleiros e pediu-lhes explicações: "Senhores, o povo continua burro. O povo não lê...". Os espertalhões não se apertaram: "Majestade, é que ainda não entramos na segunda fase do programa. Um chapéu não basta. É apenas preliminar. Sobre o chapéu preliminar as pessoas terão de usar um outro chapéu, amarelo, um pós-chapéu". O rei acreditou. Tomou as providências para que todos pudessem ter pós-chapéus amarelos Daí pra frente, quem só usava o chapéu preliminar não valia nada. Pra conseguir um emprego era necessário se apresentar usando os dois chapéus: o preliminar e o pós, amarelo. Mas nem assim o povo aprendeu a ler. O resultado das pesquisas internacionais era o mesmo: o povo continuava a não gostar de ler. Aí os espertalhões explicaram ao rei que faltava o chapéu que realmente importava: o chapéu vermelho. Era preciso, então, usar o chapéu preliminar, sobre ele o pós amarelo, e sobre o pós amarelo o pós vermelho.

Aquele país ficou conhecido como o país dos chapéus. Todo mundo tinha chapéu, inclusive os pobres. Os resultados da última pesquisa internacional sobre os hábitos de leitura do povo do país dos enchapelados ainda não foram anunciados. Assim, ainda não se sabe a respeito do efeito dos chapéus pós vermelhos sobre os hábitos alimentares da inteligência do povo. Mas uma coisa já é bem sabida: de todos, os mais inteligentes são os chapeleiros...

PS: É o que eu penso da ideia de "universidade para todos".

O rei, o guru e o burro

Viveu, há muitos e muitos anos, num distante país, um homem agraciado pelos deuses com dons extraordinários. Ele tinha o poder de, pelo simples uso da palavra, operar transformações mágicas nas pessoas que o procuravam: aqueles que entravam em sua casa de cabeça baixa e tristes saíam de cabeça erguida e sorridentes. A ele vinham pessoas de todos os lugares, trazendo seus sofrimentos, na esperança de ouvir, da boca do guru, conselhos sábios e práticos que lhes indicassem os rumos a seguir e as coisas a fazer a fim de livrarem-se dos seus sofrimentos. Desejo mais justo não existe, e é precisamente isso o que todos nós queremos. Queremos ficar curados, queremos arrancar o espinho da carne, queremos parar de sofrer. É isso que esperam todos aqueles que fazem peregrinações aos lugares sagrados, onde virgens e santos aparecem de vez em quando. Pena é que apareçam tão raramente, em lugares tão distantes. Melhor seria que aparecessem no coração das pessoas, lugar do amor. Bastaria, então, um simples gemido e logo sairiam de sua invisibilidade, porque, sendo santos, eles estão sempre em todos os lugares, só que invisíveis aos nossos olhos, mas sensíveis ao coração. Pois é, como eu dizia, o que desejam todos os romeiros que buscam os lugares onde virgens e santos aparecem é o milagre de se verem curados do câncer, da cegueira, do aleijão, da impotência, da feiura, da solidão, da pobreza.

57

Não existe relato de que ele jamais tenha dado, a qualquer dessas pessoas sofredoras, conselhos sobre o que fazer para se livrarem dos seus sofrimentos. Nem consta que, jamais, cegos, paralíticos, aleijados ou doentes tenham sido curados de seus males. E, no entanto, todos saíam diferentes.

O guru os ouvia em silêncio profundo. Sua atenção desatenta tudo anotava. Não estranhem que eu fale sobre atenção desatenta – é preciso estar meio distraído para ver a verdade. Porque ela, a verdade, diferente dos santos, aparece sempre no lugar onde estamos, mas não onde a atenção está concentrada. Ela é sempre vista pelos cantos dos olhos, com olhar distraído, nas sombras, nos silêncios, nas indecisões gaguejantes. Depois de ouvir, ele falava. Aqueles que tiveram a felicidade de presenciar esse evento relatam que seu rosto se iluminava e que ele não falava nada diferente daquilo que lhe tinha sido dito. Mas as coisas que lhe haviam sido ditas como ruído, barulho, dissonância saíam de sua boca transformadas em música. Imagine que um principiante de piano se ponha a tocar um "Noturno" de Chopin – mas lhe faltam técnica e sensibilidade, e ele esbarra nas notas, tropeça, vacila, quem está ouvindo sofre, não aguenta mais, quer que aquele sofrimento, espinho nos ouvidos, termine. Mas se é Rubinstein que toca as mesmas notas, no mesmo piano... Ouvir um "Noturno" de Chopin tocado por Rubinstein é uma experiência de sofrimento feliz. Sofrimento porque todos os noturnos são tristes. Feliz porque todos os noturnos são belos.

Era isso que fazia o guru. Ele era intérprete. Não no sentido comum que os psicanalistas dão à palavra interpretação, que entendem como "dizer de forma clara o que o sofredor disse de forma obscura": "Você me está dizendo que..." – seguido pela explicação. Interpretação no sentido artístico não é explicação de coisa alguma. É tocar de forma bela o que o outro tocou de forma feia: a mesma coisa, a mesma partitura, o mesmo instrumento. Só que a peça aparece transfigurada. O feio fica belo.

Era isso que o guru fazia. Os rostos transformados das pessoas que saíam de sua casa eram rostos de pessoas que, pela primeira vez na vida, tinham contemplado a beleza que morava no seu sofrimento. O guru era uma fonte de Narciso onde a beleza das pessoas, escondida sob os acidentes da vida, aparecia de forma luminosa. E elas saíam transformadas. Não porque tivessem sido curadas do seu sofrimento. Mas porque o seu sofrimento se transformara em beleza. Todas as pessoas que se veem belas ficam melhores.

Correu então a fama de que o guru tinha o poder de transformar fezes em ouro. No sentido metafórico, é claro. Acontece que o rei daquele país era meio burro, faltava-lhe o dom da poesia, não fora aluno de Neruda, entendia tudo de forma literal e concluiu que o guru transformava cocô em ouro. E logo imaginou uma forma de locupletar os cofres do palácio sem provocar revoluções. Impostos, como é sabido, sempre provocam a raiva dos cidadãos. Em vez de cobrar impostos em dinheiro, ele cobraria impostos em merda. Eu ia escrever "fezes", por achar que merda é palavra literariamente grosseira. Mas eu aprendi, das falas do presidente Nixon, no incidente Watergate, que é merda mesmo que reis e presidentes falam. Pagar o imposto de renda em substância fecal seria uma felicidade para todo o povo. Seria o mesmo que mandar o governo à merda. Mandou, então, seus soldados buscarem e trazerem o guru, que veio acompanhado de dois discípulos.

"Ou você me ensina as fórmulas mágicas para transformar merda em ouro, ou mando cortar a sua cabeça!", disse o rei. Os discípulos estremeceram. Acharam que o mestre estava perdido. Mas, para seu espanto, o guru sorriu um sorriso discretamente safado ao se dirigir ao rei: "Suas ordens são o meu prazer, Majestade. Estou pronto a revelar as minhas fórmulas mágicas". Ato contínuo, passou a descrever um longo processo (os escribas tudo anotavam meticulosamente) que se iniciava na colheita de fezes em noites de lua cheia e terminava com palavras mágicas sobre as fezes curtidas, numa infusão de urina de mulheres grávidas, em tonéis de carvalho, pelo espaço de sete semanas.

"Obedecido esse processo, as fezes magicamente se transformarão em ouro", afirmou o guru. O rei esfregou as mãos de felicidade. Estava rico, para todo sempre. "Só há uma coisa que deve ser evitada, a qualquer preço, pois se ela acontecer todo o processo mágico será abortado. O senhor não poderá, durante o ritual, em hipótese alguma, pensar num burro. A imagem do burro põe tudo a perder..."

Relata-se que o rei passou o resto de sua vida coletando merda em noite de lua cheia e tentando não pensar num burro enquanto recitava as fórmulas mágicas. Mas, quanto mais tentava, mais pensava. E a mágica transformação não acontecia, como o guru havia dito. Quanto ao guru, conta-se que até hoje ele não conseguiu parar de rir.

Sobre rosas, formigas e tamanduás

O seu nome era Brasilino Jardim. Ele tinha jardim no nome e jardim no coração. Amava todas as coisas vivas, de plantas a urubus. A vida, para ele, era sagrada.

Brasilino Jardim não ia à igreja. As pessoas religiosas temiam por sua alma e se perguntavam: "Ele não sabe que é preciso ir à igreja para estar bem com Deus? Quem não está bem com Deus corre perigo! Deus castiga!".

Brasilino sorria um sorriso manso e perguntava: "Onde está dito, nas Sagradas Escrituras, que Deus fez uma igreja? Todo-Poderoso, se quisesse igrejas, teria feito igrejas. Todo-Poderoso, ele fez o que queria. E o que é que ele fez? Plantou um jardim. E está dito que ele 'andava pelo jardim, ao vento fresco da tarde'. Quando estou no jardim, sei que estou andando no lugar que Deus ama. Deus ama a vida, o vento, o Sol, a terra, a água – coisas que estão no jardim. Mas as igrejas são lugares fechados, abafados. Bichos e plantas não se sentem felizes lá dentro...".

Não frequentava igrejas, mas amava um santo: são Francisco. Porque são Francisco foi o homem que via Deus nas coisas da natureza. São Francisco amava tudo o que vivia e, segundo a lenda, as coisas que viviam o entendiam, tanto que ele pregava sermões aos peixes e aos pássaros. Frequentemente os animais ouvem melhor que os seres humanos...

Foi então que Brasilino Jardim resolveu plantar um jardim em homenagem a são Francisco. Teria de ser um lindo jardim, com um canteiro de rosas no meio. E assim foi. Vendo as folhas viçosas das roseiras, a primeira rosa que se abrira e os botões que se abririam no dia seguinte, Brasilino foi dormir contente.

Ao acordar, pensou logo no jardim. Queria ver se os botões já estavam abertos. Mas, decepção! O que ele encontrou foi devastação. Durante a noite, as saúvas haviam cortado as folhas e as flores das roseiras. Brasilino ficou muito triste. Resolveu aconselhar-se com um vizinho que tinha um lindo canteiro de rosas floridas.

"O jeito é matar as formigas", disse o vizinho. "Formigas e jardins não combinam. Para as formigas, jardins são hortas, coisas para serem comidas."

"Matar as formigas? De jeito nenhum. São criaturas de Deus, como todos nós. Se foi Deus quem as fez, elas têm o direito de viver. Formigas têm direitos..." E, com essas palavras, deixou o vizinho falando sozinho. "Onde já se viu matar as formigas? São criaturas de Deus. Tem de haver outro jeito..."

Pensou: "Se as formigas comeram as roseiras, comeram porque estavam com fome. Não foi por maldade. Se eu der comida às formigas, elas deixarão de ter fome e não comerão as rosas".

Dito isso, plantou, à volta do jardim de rosas, um anel de cenouras tenras e doces que seriam o deleite alimentar das formigas. Mas as formigas ignoraram as cenouras. Continuaram a comer as roseiras.

"Talvez elas não tenham entendido", ele pensou. "Não perceberam nem que as cenouras são deliciosas, nem que são para elas. Ainda não foram educadas. Se forem educadas para gostos mais refinados, não comerão as rosas. Serei um educador de formigas."

E como sabia que a noite é o tempo preferido pelas formigas para cortar roseiras, Brasilino passou a dar aulas às formigas durante a noite, peripateticamente, no seu jardim. Queria que as formigas aprendessem a gostar gastronomicamente de cenouras e plasticamente de rosas.

O vizinho ficou incomodado com aquele falatório noturno. Foi ver do que se tratava. E se espantou: "Brasilino, você endoidou? Pregando às formigas?". Brasilino respondeu: "São Francisco pregou aos pássaros e aos peixes. E eles entenderam. Pois eu vou pregar às formigas e elas haverão de entender". Mas as formigas não ligavam para a aula do Brasilino. Não aprendiam a lição nova. Formiga continuava a ser formiga. Elas continuavam a cortar as roseiras.

Diante do fracasso da pedagogia, Brasilino se lembrou de um recurso inventado pelos humanos chamado "condomínio". O que é um condomínio? São casas cercadas de muros por todos os lados, com o objetivo de impedir a entrada dos criminosos, que ficam do lado de fora. "Farei o mesmo com as minhas roseiras", ele disse, triunfante. Ato contínuo, tomou garrafas de refrigerante de 2 litros, cortou bicos e fundos, fez um corte vertical ao lado e usou esses cilindros ocos como cintas protetoras para os caules das roseiras. "Agora minhas roseiras estão protegidas! As formigas não entrarão!" Pobre Brasilino! Ele não conhecia a esperteza das formigas. Elas sabem fazer túneis, escalar muralhas, passar por frestas, fazer pontes. E quando ele foi ao jardim, pela manhã, viu que as formigas haviam devorado de novo suas roseiras.

Lembrou-se, então, Brasilino de uma velha estória que relata o feito de um flautista que livrou uma cidade de uma praga de ratos que a infestava. O que foi que o flautista fez? Simplesmente tocou sua flauta! "Ah! A música tem poderes mágicos! Claro, as formigas não entendem a linguagem pedagógica dos argumentos. Haverão de ser sensíveis à magia da música." Comprou uma flauta e pôs-se a tocar o "Bolero" de Ravel. As formigas reagiram imediatamente. Sentiram o poder da música. Até os bichos têm música na alma. Começaram a mastigar folhas e rosas ao ritmo da música encantadora.

Com o fracasso da música, veio-lhe, então, uma nova ideia: "Se as formigas não podem ser nem conscientizadas pela palavra, nem sensibilizadas pela música, as rosas podem ser. Assim, vou despertar nas minhas rosas o sentimento da não violência, da beleza da paz. O pensamento tem poder. Se todas as rosas fizerem juntas uma corrente de pensamentos de paz, a energia positiva no ar será tão forte que as formigas se converterão...".

Espalhou, pelo jardim, imagens coloridas de paz. Flores sorridentes. Pôs CDs com música sobre rosas, Strauss, Vandré e Caymmi. Tudo, no espaço do jardim, sugeria paz e não violência. Quem visitasse o seu jardim sentiria a energia positiva no ar. Mas parece que as formigas não eram sensíveis à energia positiva de paz. Continuaram a cortar as rosas.

Aí ele começou a ter raiva das rosas: "Não compreendo a passividade das rosas! Elas não se defendem! Tinham de se defender! Pois Deus não dotou as criaturas com o direito de defender a sua vida?".

Cobriu, então, os galhos das roseiras com espinhos pontudos e afiados, facas e espadas que as rosas deveriam usar para se defender das formigas. Mas as rosas não sabiam se defender. Não sabiam usar armas. Eram mansas e desajeitadas por natureza. As formigas continuaram a subir pelos seus galhos sem ligar para os espinhos.

No desespero, Brasilino resolveu tomar uma atitude mais radical, que até contrariava seu sentimento de reverência pela vida: foi para o jardim munido de um martelo e pôs-se a martelar as formigas que se aproximavam das suas roseiras. Mas o número de formigas era imenso. Elas não paravam de chegar. Matou muitas formigas a marteladas, o que não as perturbou. E havia também o fato de que Brasilino não podia ficar martelando formigas o tempo todo. Precisava dormir. Dormindo, o martelo descansava. E as formigas trabalhavam.

"Já sei!", ele disse. "Apelarei para o papa. O papa tem reza forte. Pedirei que ele ore para que as formigas parem de comer minhas rosas." Escreveu, então, uma carta para o papa, expondo o seu sofrimento e pedindo que ele intercedesse aos santos, à virgem, a Deus... Afinal de contas, as hostes celestiais deviam ter um interesse especial na preservação do jardim, aperitivo do paraíso.

As autoridades eclesiásticas, de posse da carta de Brasilino, deram a ela a maior consideração, e a colocaram na lista das orações pela paz que o papa rezava diariamente: paz entre judeus e palestinos, paz entre russos e chechênios, paz entre protestantes e católicos, paz na Espanha, paz na Colômbia, paz no Peru, paz na África... Era uma lista enorme. O papa orou, mas nada mudou. Os homens continuaram a se matar e as formigas continuaram a cortar suas roseiras.

De repente, ele ouviu uma voz que o chamava. Era a voz do seu vizinho, que contemplava tudo em silêncio: "Eu tenho uma solução para o seu problema com as formigas, sem que você tenha de matá-las".

Brasilino se espantou: "Como?".

O vizinho explicou: "Você acha que as formigas são criaturas de Deus. Sendo criaturas de Deus, têm direito a viver. Você está em boa companhia espiritual. Homens como são Francisco, Gandhi e Schweitzer também sentiam reverência pela vida". Brasilino ficou feliz ao se ver colocado ao lado desses santos.

Seu vizinho continuou: "Mas isso que você diz para as formigas deve valer para todas as criaturas. Certo?". "Certo", concordou Brasilino.

"Então, por que você não traz um tamanduá para morar no seu jardim? Tamanduás também são criaturas de Deus. E adoram comer formigas! Para isso têm uma língua fina e comprida, que entra até o fundo dos formigueiros! Para o tamanduá, comer formiga não é pecado – é virtude!"

E foi assim que Brasilino, sem desrespeitar suas convicções espirituais, trouxe um tamanduá para viver no seu jardim.

E o tamanduá engordou, as formigas sumiram, o jardim floresceu e Brasilino sorriu...

Urubus e sabiás

Tudo aconteceu numa terra distante, no tempo em que os bichos falavam... Os urubus, aves "becadas" por natureza, mas sem grandes dotes para o canto, decidiram que, mesmo contra a natureza, haveriam de se tornar grandes cantores. E para isso fundaram escolas e importaram professores, gargarejaram do-ré-mi-fá, mandaram imprimir diplomas e fizeram competições entre si, para ver quais deles seriam os mais importantes e teriam a permissão para mandar nos outros. Foi assim que eles organizaram concursos e se deram nomes pomposos, e o sonho de cada urubuzinho, instrutor em início de carreira, era se tornar um respeitável urubu titular, a quem todos chamariam de Vossa Excelência. Tudo ia muito bem até que a doce tranquilidade da hierarquia dos urubus foi estremecida. A floresta foi invadida por bandos de pintassilgos tagarelas, que brincavam com os canários e faziam serenatas com os sabiás... Os velhos urubus entortaram o bico, o rancor encrespou a testa, e eles convocaram pintassilgos, sabiás e canários para um inquérito.

– Onde estão os documentos dos seus concursos?

E as pobres aves se olharam perplexas, porque nunca haviam imaginado que tais coisas houvesse. Não haviam passado por escolas de canto, porque o canto nascera com elas. E nunca apresentaram um diploma para provar que sabiam cantar, mas cantavam, simplesmente...

– Não, assim não pode ser. Cantar sem a titulação devida é um desrespeito à ordem.

E os urubus, em uníssono, expulsaram da floresta os passarinhos que cantavam sem alvarás...

Moral da estória: Em terra de urubus diplomados não se ouve canto de sabiá.

O pastor, as ovelhas, os lobos e os tigres

Era uma vez um pastor que gostava muito de suas ovelhas. Gostava delas porque eram mansas e indefesas: não tinham garras, não tinham presas, não tinham chifres. Eram incapazes de atacar e incapazes de se defender. Mansamente, elas se deixavam tosquiar. O pastor gostava tanto delas que prometeu defendê-las sempre de qualquer perigo. Como prova do seu amor, tornou-se vegetariano. Jamais mataria uma ovelha para comer. Como resultado de sua dieta de frutas e vegetais, o pastor era muito magro.

Havia, nas matas vizinhas, lobos que também gostavam das ovelhas. Gostavam delas porque eram mansas e indefesas: não tinham garras, não tinham presas, não tinham chifres. Eram incapazes de atacar e incapazes de se defender. Mansamente, se deixavam devorar. É: o gostar frequentemente produz resultados diferentes. O gostar do pastor produzia cobertores de lã. O gostar dos lobos produzia churrascos.

O pastor estava sempre atento para proteger suas ovelhas contra os ataques dos lobos. Levava um longo cajado nas mãos, para golpear os lobos atrevidos que chegavam perto, e arco e flechas para ferir os prudentes que ficavam longe.

Viviam, assim, pastor, ovelhas e lobos, num delicado equilíbrio.

A notícia das ovelhas chegou aos ouvidos de uns cães famintos e de umas hienas magras que moravam nas cercanias. Resolveram mudar-se para a floresta dos lobos para melhorar de vida. Parentes que eram, falavam a mesma língua e logo se entenderam. Organizaram-se, então, de forma racional, a fim de terem churrascos mais frequentes.

O cajado e as flechas do pastor se mostraram impotentes diante das novas táticas. Enquanto ele espantava os lobos que se aproximavam pelo sul, os cães e as hienas matavam as ovelhas que pastavam ao norte.

O pastor concluiu que providências urgentes tinham de ser tomadas para a segurança das ovelhas. Pensou: "Os lobos, os cães e as hienas atacam porque as ovelhas são indefesas. Se elas tiverem meios de se defender, eles não se atreverão. Preciso armar minhas ovelhas". Mandou então fazer dentaduras com dentes afiados, chifres pontudos e garras de ferro, com que dotou suas mansas ovelhas. Os lobos e seus aliados, vendo as ovelhas assim armadas, riram-se da ingenuidade do pastor. O fato é que as ovelhas ficaram ainda mais indefesas do que eram, pois não sabiam usar as armas com que o pastor as dotara. Os churrascos ficaram ainda mais frequentes. Com isso, lobos, hienas e cães engordaram.

O pastor teve, então, uma outra ideia: "Vou contratar guardas de segurança profissionais para proteger minhas ovelhas". Os guardas teriam de ser mais fortes do que cães, hienas e lobos. "Tigres", pensou o pastor. Mas logo teve medo. "Tigres são carnívoros. É possível que gostem de carne de ovelha." Só se houvesse tigres vegetarianos. Soube, então, que um criador de tigres, com o uso de técnicas psicológicas pavlovianas, havia conseguido transformar tigres carnívoros em tigres vegetarianos. Seus hábitos alimentares eram iguais aos das ovelhas. Nesse caso, não ofereciam perigo. O pastor, então, contratou os tigres vegetarianos como guardas de suas ovelhas. Os tigres, obedientes, começaram a guardar as ovelhas e diariamente recebiam, como pagamento, uma farta ração de abóboras, nabos e cenouras.

Os lobos, as hienas e os cães, vendo os tigres, ficaram com medo. Como medida de segurança, passaram a caçar as ovelhas durante a noite.

Os tigres, patrulhando a floresta, vez por outra encontravam os restos dos churrascos com que lobos, hienas e cães haviam se banqueteado. Sentiram, pela primeira vez, o cheiro delicioso de carne de ovelha. Lambendo os restos, sentiram pela primeira vez o gosto bom do seu sangue. E perceberam que carne de ovelha era muito mais gostosa que sua ração de abóboras, nabos e cenouras.

Pensaram então: "Melhor que ser empregados do pastor seria ser aliados dos lobos, das hienas e dos cães". E foi o que aconteceu. Tigres, lobos, hienas e cães tornaram-se sócios.

Os lobos, as hienas e os cães tornaram-se atrevidos. Não atacavam mais durante a noite. Atacavam em pleno dia. Ouvindo os balidos das ovelhas, o pastor gritava pelos tigres. Mas eles não se mexiam. Faziam de conta que nada estava acontecendo. Mal sabia ele que os tigres, durante as noites, comiam churrasco com os lobos, as hienas e os cães. O pastor resolveu pôr ordem na casa. Chamou os tigres. Repreendeu-os. Ameaçou cortar sua ração, ameaçou despedi-los.

Foi então, em meio ao sermão do pastor, que os tigres começaram a se perguntar uns aos outros: "Qual será o gosto da carne de um pastor?". E responderam: "É preciso experimentar!". Dada essa resposta, o mais forte deles abriu uma boca enorme e emitiu um rugido horrendo, mostrando os dentes afiados. O pastor, olhando para a boca do tigre, viu então o que nunca imaginara ver: chumaços de lã entre os dentes do tigre.

Num relance, ele percebeu o destino que o aguardava: ser churrasco de tigre. E seu pensamento voou depressa. O pastor já notara que os lobos, as hienas, os cães e os tigres estavam gordos e felizes. Ele, vegetariano, defensor das ovelhas, estava cada vez mais magro. E assim, numa fração de segundo, ele compreendeu a realidade da vida. E, antes que o tigre o devorasse, ele propôs: "Façamos uma aliança...".

E, desde esse dia, a fazenda, que se chamava "Ovelha Feliz", passou a se chamar "Ovelha Saborosa". E o pastor, os tigres, os lobos, as hienas e os cães viveram felizes pelo resto dos seus dias, cada vez mais gordos, as bocas sempre lambuzadas com gordura de ovelha.

O sapo

Era uma vez um lindo príncipe por quem todas as moças se apaixonavam. Por ele também se apaixonou uma bruxa horrenda que o pediu em casamento. O príncipe nem ligou e a bruxa ficou muito brava. "Se não vai casar comigo não vai casar com ninguém mais!" Olhou fundo nos olhos dele e disse: "Você vai virar um sapo!". Ao ouvir essa palavra o príncipe sentiu uma estremeção. Teve medo. Acreditou. E ele virou aquilo que a palavra de feitiço tinha dito. Sapo. Virou um sapo.

Bastou que virasse sapo para que se esquecesse de que era príncipe. Viu-se refletido no espelho real e se espantou: "Sou um sapo. Que é que estou fazendo no palácio do príncipe? Casa de sapo é charco". E com essas palavras pôs-se a pular na direção do charco. Sentiu-se feliz ao ver lama. Pulou e mergulhou. Finalmente de novo em casa.

Como era sapo, entrou na escola de sapos para aprender as coisas próprias de sapo. Aprendeu a coaxar com voz grossa. Aprendeu a jogar a língua para fora para apanhar moscas distraídas. Aprendeu a gostar do lodo. Aprendeu que as sapas eram as mais lindas criaturas do universo. Foi aluno bom e aplicado. Memória excelente. Não se esquecia de nada. Daí suas notas boas. Até foi o primeiro colocado nos exames finais, o que provocou a admiração de todos os outros sapos, seus colegas, aparecendo até nos jornais. Quanto mais aprendia as coisas de sapo, mais sapo ficava. E quanto mais aprendia a ser sapo, mais se esquecia de que um dia fora príncipe. A aprendizagem é assim: para se aprender de um lado há que se esquecer do outro. Toda aprendizagem produz o esquecimento.

O príncipe ficou enfeitiçado. Mas feitiço – assim nos ensinaram na escola – é coisa que não existe. Só acontece nas estórias da carochinha.

Engano. Feitiço acontece sim. A estória diz a verdade.

Feitiço: o que é? Feitiço é quando uma palavra entra no corpo e o transforma. O príncipe ficou possuído pela palavra que a bruxa falou. Seu corpo ficou igual à palavra.

A estória do príncipe que virou sapo é a nossa própria estória. Desde que nascemos, continuamente, palavras nos vão sendo ditas. Elas entram no nosso corpo e ele vai se transformando. Virando uma outra coisa, diferente da que era. Educação é isto: o processo pelo qual os nossos corpos vão ficando iguais às palavras que nos ensinam. Eu não sou eu: eu sou as palavras que os outros plantaram em mim. Como o disse Fernando Pessoa: "Sou o intervalo entre o meu desejo e aquilo que os desejos dos outros fizeram de mim". Meu corpo é resultado de um enorme feitiço. E os feiticeiros foram muitos: pais, mães, professores, padres, pastores, gurus, líderes políticos, livros, TV. Meu corpo é um corpo enfeitiçado: porque o meu corpo aprendeu as palavras que lhe foram ditas, ele se esqueceu de outras que, agora, permanecem mal... ditas...

A psicanálise acredita nisso. Ela vê cada corpo como um sapo dentro do qual está um príncipe esquecido. Seu objetivo não é ensinar nada. Seu objetivo é o contrário: des-ensinar ao sapo sua realidade sapal. Fazê-lo esquecer-se do que aprendeu, para que ele possa lembrar-se do que esqueceu. Quebrar o feitiço. Coisa que até mesmo certos filósofos (poucos) percebem. A maioria se dedica ao refinamento da

realidade sapal. Também os sapos se dedicam à filosofia... Mas Wittgenstein, filósofo para ninguém botar defeito, definia a filosofia como uma "luta contra o feitiço" que certas palavras exercem sobre nós. Acho que ele acreditava nas estórias da carochinha...

Tudo isso apenas como introdução à enigmática observação com que Barthes encerra sua descrição das metamorfoses do educador. Confissão sobre o lugar onde havia chegado, no momento de velhice.

Há uma idade em que se ensina aquilo que se sabe. Vem, em seguida, uma outra, quando se ensina aquilo que não se sabe. Vem agora, talvez, a idade de uma outra experiência: aquela de desaprender. Deixo-me, então, ser possuído pela força de toda vida viva: o esquecimento...

Esquecer para lembrar. A psicanálise nenhum interesse tem por aquilo que se sabe. O sabido, lembrado, aprendido, é a realidade sapal, o feitiço que precisa ser quebrado. Imagino que o sapo, vez por outra, se esquecia da letra do coaxar, e no vazio do esquecimento surgia uma canção. "Desafinou!", berravam os maestros. "Esqueceu-se da lição", repreendiam os professores. Mas uma jovem que se assentava à beira da lagoa juntava-se a ele, num dueto... E o sapo, assentado na lama, desconfiava...

"Procuro despir-me do que aprendi", dizia Alberto Caeiro. "Procuro esquecer-me do modo de lembrar que me ensinaram, e raspar a tinta com que me pintaram os sentidos, desencaixotar minhas emoções verdadeiras, desembrulhar-me, e ser eu..."

Assim se comportavam os mestres zen, que nada tinham para ensinar. Apenas ficavam à espreita, esperando o momento de desarticular o aprendido para, através de suas rachaduras, fazer emergir o esquecido. É preciso esquecer para se lembrar. A sabedoria mora no esquecimento.

Acho que o sapo, tão bom aluno, tão bem-educado, passava por períodos de depressão. Uma tristeza inexplicável, pois a vida era tão boa, tudo tão certo: a água da lagoa, as moscas distraídas, a sinfonia unânime da saparia, todos de acordo... O sapo não entendia. Não sabia que sua tristeza nada mais era que uma indefinível saudade de uma beleza que esquecera. Procurava que procurava, no meio dos sapos, a cura para sua dor. Inutilmente. Ela estava em outro lugar.

Mas um dia veio o beijo de amor – e ele se lembrou. O feitiço foi quebrado.

Uma bela imagem para um mestre! Uma bela imagem para o educador: fazer esquecer para fazer lembrar!

"Se é bom ou se é mau..."

Quando eu contava estórias para minha filha – ela era bem pequena ainda –, tinha uma pergunta que ela sempre me fazia: "Essa estória aconteceu de verdade?". Eu não tinha jeito de responder.

Se fosse o Peter Pan adulto, tal como aparece no *Hook: A volta do Capitão Gancho*, eu diria logo que tudo era só uma mentirinha sem importância que eu estava inventando para que ela dormisse logo e eu pudesse voltar a me ocupar das coisas importantes do mundo real do dinheiro, da política, do trabalho, das rotinas da casa. Diria a ela que o livro que me importava, aquele que eu realmente lia, livro de cabeceira, era a agenda de capa verde. Nas suas páginas se escrevia a realidade. Mas ela era *ainda* muito criança – com o tempo cresceria e aprenderia a ler a literatura do real que só pode ser lida nas agendas. *Por enquanto*, ela podia se entregar às palavras mentirosas das estórias, só para que o sono viesse mais depressa...

Mas eu não era o Peter Pan adulto e o que eu tinha para dizer eu não dizia, pois achava complicado demais para a cabecinha dela. O que eu gostaria de dizer a ela e não disse é que *as estórias que eu contava não aconteceram nunca para que acontecessem sempre. A Terra do Nunca é a Terra do Sempre*, que existe eternamente dentro da gente. Já o que aconteceu de fato, documentado, fotografado, comprovado pela ciência e escrito com o nome de História – isso aconteceu do lado de fora da gente e, por isso, não acontece nunca mais. Está morto e enterrado no passado, e não há feitiço que faça ressuscitar. Mas aquilo que não aconteceu nunca, aquilo que só foi sonhado, é aquilo que sempre existiu e que sempre existirá, que nem nasceu nem morrerá, e a cada vez que se conta acontece de novo...

Se ela me tivesse feito a pergunta de um jeito diferente, se me tivesse perguntado se acreditava na estória, ah!, eu teria respondido fácil: "Mas é claro que acredito!". Pois eu só acredito no que não aconteceu nunca, no que é sonho, pois de sonhos, é disso que somos feitos.

A estória da Branca de Neve não aconteceu nunca, mas todos nós somos, sempre, uma Madrasta que se vê triste diante do espelho e manda a menina, nós também, para ser morta na floresta. A estória de João e Maria não aconteceu nunca, mas em toda criança existe a fantasia terrível do abandono. A estória de Romeu e Julieta não aconteceu nunca, mas queremos ouvi-la de novo, pois dentro de nós existe o sonho do amor puro, belo e imortal. E é por isso que sou incuravelmente religioso, porque nas estórias da religião, que não aconteceram nunca, os sonhos e pesadelos da alma se acham refletidos. Acredito porque sei que são mentira. Se fossem verdade, não me interessariam.

As estórias são contadas como espelhos, para que a gente se descubra nelas. Os orientais são os grandes mestres nessa arte, esquecida pelos ocidentais porque cresceram, como o Peter Pan do filme *Hook*, e passaram a acreditar somente naquilo que a agenda conta, sem perceber que, porque ela diz a verdade, mente.

Quero contar para você a estória que mais tenho contado – não aconteceu nunca, acontece sempre.

Um homem muito rico, ao morrer, deixou suas terras para os seus filhos. Todos eles receberam terras férteis e belas, com exceção do mais novo, para quem sobrou um charco inútil para a agricultura. Seus amigos se entristeceram com isso e o visitaram, lamentando a injustiça que lhe havia sido feita. Mas ele só lhes disse uma coisa: "Se é bom ou se é mau, só o futuro dirá". No ano seguinte, uma seca terrível se abateu sobre o país, e as terras dos seus irmãos foram devastadas: as fontes secaram, os pastos ficaram esturricados, o gado morreu. Mas o charco do irmão mais novo se transformou num oásis fértil e belo. Ele ficou rico e comprou um lindo cavalo branco por um preço altíssimo. Seus amigos organizaram uma festa porque coisa tão maravilhosa lhe tinha acontecido. Mas dele só ouviram uma coisa: "Se é bom ou se é mau, só o futuro dirá". No dia seguinte seu cavalo de raça fugiu e foi grande a tristeza. Seus amigos vieram e lamentaram o acontecido. Mas o que o homem lhes disse foi: "Se é bom ou se é mau, só o futuro dirá". Passados sete dias, o cavalo voltou trazendo consigo dez lindos cavalos selvagens. Vieram os amigos para celebrar essa nova riqueza, mas o que ouviram foram as palavras de sempre: "Se é bom ou se é mau, só o futuro dirá". No dia seguinte o seu filho, sem juízo, montou um cavalo selvagem. O cavalo corcoveou e o lançou longe. O moço quebrou uma perna. Voltaram os amigos para lamentar a desgraça. "Se é bom ou se é mau, só o futuro dirá", o pai repetiu. Passados poucos dias, vieram os soldados do rei para levar os jovens para a guerra. Todos os moços tiveram de partir, menos o seu filho de perna quebrada. Os amigos se alegraram e vieram festejar. O pai viu tudo e só disse uma coisa: "Se é bom ou se é mau, só o futuro dirá...".

Assim termina a estória, sem um fim, com reticências... Ela poderá ser continuada, indefinidamente. E, ao contá-la, é como se contasse a estória de minha vida. Tanto os meus fracassos quanto as minhas vitórias duraram pouco. Não há nenhuma vitória profissional ou amorosa que garanta que a vida finalmente se arranjou e nenhuma derrota que seja uma condenação final. As vitórias se desfazem como castelos de areia atingidos pelas ondas, e as derrotas se transformam em momentos que prenunciam um começo novo. Enquanto a morte não nos tocar, pois só ela é definitiva, a sabedoria nos diz que vivemos sempre à mercê do imprevisível dos acidentes. "Se é bom ou se é mau, só o futuro dirá."

O rei nu

Havia um rei muito tolo que adorava roupas bonitas. Os tolos gostam de roupas bonitas. Ele enviava emissários por todo o país para comprar roupas diferentes. Chegou ao cúmulo de mandar tecer uma faixa real nova com fios de ouro. Dois espertalhões ouviram falar da vaidade do rei e resolveram aproveitar-se dela para enriquecer. Dirigiram-se ao palácio e anunciaram-se: "Somos especialistas em tecidos mágicos". O rei nunca ouvira falar de tecidos mágicos. Ficou curioso. Ordenou que os dois fossem trazidos à sua presença. "Falem-me sobre o tecido mágico", ordenou o rei. Um dos espertalhões pôs-se a falar: "Majestade, o tecido que tecemos é mágico porque somente as pessoas inteligentes podem vê-lo. Vestindo uma roupa feita com esse tecido, Vossa Majestade saberá se aqueles que o cercam são inteligentes ou não". O rei imediatamente contratou os dois espertalhões. Passados alguns dias, o rei mandou chamar o ministro da Educação e ordenou-lhe que fosse examinar o tecido. O ministro dirigiu-se ao aposento onde os tecelões trabalhavam. "Veja, Excelência, a beleza do tecido", disseram eles com as mãos estendidas. O ministro da Educação não viu coisa alguma e entrou em pânico: "Meu Deus, eu não vejo o tecido, logo sou burro...". Resolveu, então, fazer de conta que era inteligente. Voltou à presença do rei e relatou: "Majestade, o tecido é maravilhoso". O rei ficou muito feliz. Passados dois dias, o rei convocou o ministro da Guerra e ordenou-lhe examinar o tecido. Aconteceu a mesma coisa: "Meu Deus", ele pensou, "não sou inteligente. O ministro da Educação viu e eu não estou vendo...". Resolveu adotar a mesma tática do ministro da Educação. E o rei ficou muito feliz com o seu relatório. E assim aconteceu com todos os outros ministros. Até que o rei resolveu pessoalmente ver o tecido maravilhoso. Não vendo coisa alguma, ele pensou: "Os ministros da Educação, da Guerra, das Finanças, da Cultura e das Comunicações viram. Mas eu não vejo nada! Sou burro. Não posso deixar que eles saibam da minha burrice...". O rei se entregou então a elogios entusiasmados sobre o tecido que não havia. Marcou-se uma grande festa para que todos os cidadãos vissem o rei em suas novas roupas. No Dia da Pátria, a praça do palácio cheia de homens e mulheres, tocaram-se os clarins e ouviu-se uma voz pelos alto-falantes: "Cidadãos do nosso país! Dentro de poucos instantes a sua inteligência será colocada à prova. O rei vai desfilar usando a roupa que só os inteligentes podem ver". Canhões dispararam uma salva de seis tiros. Rufaram os tambores. Abriram-se os portões do palácio e o rei marchou, vestido com a sua roupa nova. Foi aquele "oh!" de espanto. Todos ficaram maravilhados. Como era linda a roupa do rei! Todos eram inteligentes. No alto de uma árvore estava um menino que via com seus olhos ignorantes. Não viu roupa nenhuma. O que viu foi o rei pelado, exibindo sua enorme barriga, suas nádegas murchas e as vergonhas dependuradas. Com uma gargalhada, deu um grito que a multidão inteira ouviu: "O rei está nu!". Fez-se um silêncio profundo seguido por uma gargalhada mais ruidosa que a salva de artilharia. E todos se puseram a gritar: "O rei está nu, o rei está nu...". O rei tratou de tapar as vergonhas com as mãos e voltou correndo para dentro do palácio.

* * *

Agora vou contar a mesma estória com um fim diferente. Ela é em tudo igual à versão de Andersen, até o momento do grito do menino. "O rei está nu!" Fez-se um silêncio profundo, seguido pelo grito da multidão enfurecida: "Menino louco! Não vê a roupa nova do rei que todos estamos vendo. Menino débil mental".

Com essas palavras, agarraram o menino e o internaram num manicômio.

* * *

Na versão de Andersen bastou que um menino que acreditava naquilo que seus olhos viam gritasse que o rei estava nu para que os olhos de todos se abrissem. A minha versão se baseia no fato de que, uma vez aprendida a lição de que "só os burros não veem a roupa do rei", as pessoas passam a acreditar mais na lição aprendida que nos seus olhos.

O passarinho engaiolado

Dentro de uma linda gaiola vivia um passarinho. Sua vida era segura e tranquila.

Tranquilidade e segurança: coisas que todos desejam.

Barco ancorado não naufraga.

Avião em hangar não cai.

Para viver em segurança, as pessoas constroem gaiolas e passam a viver dentro delas. Dentro das gaiolas não há perigos. Só há monotonia. Todo dia a mesma coisa.

Tudo o que acontece todo dia do mesmo jeito é chato. Este é o preço da segurança: a chatice.

Dentro da gaiola não há muito o que fazer, seja ela feita com arames de ferro ou com deveres. Os sonhos de aventuras selvagens aparecem, mas, logo que veem os arames, morrem.

Alguns, malvados, furam os olhos dos pássaros engaiolados. Dizem que pássaro de olho furado canta mais bonito. Talvez, cegos, eles se esqueçam de que estão presos numa gaiola. Mas, mesmo que não estivessem, de que lhes adiantaria ter asas para voar se não têm olhos para ver? Sua cegueira é a sua gaiola. Há muitas pessoas assim: parecem ter olhos normais, parecem ver tudo. Na verdade nada veem, a não ser o seu mundinho. Sua cegueira é a sua gaiola.

O nosso amigo, passarinho engaiolado, bem se lembrava do dia em que, enganado pelo alpiste, tentador, saboroso, entrou no alçapão. Alçapões são assim: têm sempre uma coisa apetitosa dentro. Mas basta que a coisa apetitosa seja bicada para que a porta se feche para sempre, até que a morte a abra...

Na porta da gaiola estava escrita uma frase famosa, de um poeta famoso, Dante Alighieri: "Deixai toda a esperança vós que entrais".

Mas passarinho não entende nem escrita nem linguagem de gente.

Há um poema famoso, de Guerra Junqueiro, sobre o melro, pássaro que canta risadas de cristal. Um padre velho e ranzinza tinha raiva do melro. Ele comia as sementes que o padre semeava. Um dia, o padre encontra o ninho do melro num arbusto. Estava cheio de filhotinhos.

O padre, para se vingar da mãe, engaiola os filhotinhos. A mãe, vendo seus filhos engaiolados, e sem forças para abrir a portinhola de ferro, traz no seu bico um galho de veneno. "Meus filhos, a existência é boa só quando é livre", ela disse. "A liberdade é a lei. Prende-se a asa, mas a alma voa... Ó filhos, voemos pelo azul!... Comei!"

É certo que a mãe do nosso passarinho nunca lera o poema de Guerra Junqueiro porque, ao ver seu filho engaiolado, lhe disse: "Finalmente minhas orações foram respondidas. Você está seguro, pelo resto de sua vida. Nada há a temer. Nenhum gato o comerá. Comida não lhe faltará. Você estará sempre tranquilo. Se você ficar deprimido, cante. Quem canta seus males espanta. Veja: todos os pássaros engaiolados estão cantando!".

As palavras de sua mãe não o convenceram. Do seu pequeno espaço, ele olhava os outros passarinhos. Os bem-te-vis, atrás dos bichinhos; os sanhaços, entrando mamões adentro; os beija-flores, com seu mágico bater de asas; os urubus, em seus voos tranquilos na fundura do céu; as rolinhas, arrulhando, fazendo amor; as pombas, voando como flechas.

Ele queria ser como os outros pássaros, livres... Ah! Se aquela maldita porta se abrisse... Isso era tudo o que ele desejava.

Pois não é que, para surpresa sua, um dia o seu dono esqueceu a porta da gaiola aberta? Ele poderia agora realizar todos os seus sonhos. Estava livre, livre, livre!

Saiu. Voou para o galho mais próximo.

Olhou para baixo. Puxa! Como era alto! Sentiu um pouco de tontura. Estava acostumado com o chão da gaiola, bem pertinho. Teve medo de cair. Agachou-se no galho, para ter mais firmeza.

Viu uma outra árvore mais distante. Teve vontade de ir até lá. Perguntou-se se suas asas aguentariam. Elas não estavam acostumadas. O melhor seria não abusar, logo no primeiro dia. Agarrou-se mais firmemente ainda.

Nesse momento um insetinho passou voando bem na frente do seu bico. Chegara a hora. Esticou o pescoço o mais que pôde, mas o insetinho não era bobo. Sumiu mostrando a língua.

"Ei, você!" – era uma passarinha. "Vamos voar juntos até o quintal do vizinho? Há uma linda pimenteira, carregadinha de pimentas vermelhas. Deliciosas. Só é preciso prestar atenção no gato que anda por lá..." Só o nome "gato" já lhe deu um arrepio. Disse para a passarinha que não gostava de pimentas. A passarinha procurou outro companheiro. Ele preferiu ficar com fome.

Chegou o fim da tarde e, com ele, a tristeza do crepúsculo. A noite se aproximava. Onde iria dormir?

Lembrou-se do prego amigo, na parede da cozinha, onde a sua gaiola ficava dependurada. Teve saudades dele. Teria de dormir num galho de árvore, sem proteção. Gatos sobem em árvores? Eles enxergam no escuro? E era preciso não esquecer os gambás. E tinha de pensar nos meninos com os seus estilingues, no dia seguinte.

Tremeu de medo. Nunca imaginara que a liberdade fosse tão complicada.

Somente podem gozar a liberdade aqueles que têm coragem. Ele não tinha. Teve saudades da gaiola. Voltou. Felizmente a porta ainda estava aberta. Entrou. Pulou para o poleiro. Adormeceu agradecido a Deus pela felicidade da gaiola. É muito mais simples não ser livre. Nesse momento chegou o dono. Vendo a porta aberta, disse: "Passarinho bobo. Não viu que a porta estava aberta. Deve estar meio cego. Pois passarinho de verdade não fica em gaiola. Gosta mesmo é de voar...".

A bela azul

Como a Terra é bela! Certos estavam os teólogos e astrônomos antigos em colocá-la no centro do universo! Os astrônomos modernos e os geômetras riram-se da sua ingenuidade e presunção... Ora, a Terra, essa poeira ínfima, perdida em meio a bilhões de estrelas e galáxias – centro em torno do qual todo o universo gira?

Mas eles, cientistas, não sabem que há duas formas de determinar o centro. Pode-se determinar o centro com o cérebro e pode-se determinar o centro com o coração. O cérebro mede um espaço indiferente com réguas e calculadoras, para assim determinar o seu centro geométrico. Mas, para o coração, o centro do universo é o lugar do amor...

Para o pai e a mãe, qual é o centro de sua casa? Não será porventura o berço onde seu filhinho dorme? E para o trabalhador cansado e coberto de suor, o centro do mundo não é uma fonte de água fresca? Naquele momento, tudo o mais, que lhe importa? Chove e faz frio. A família inteira se reúne em torno da lareira, onde o fogo crepita. Ali se contam estórias... E sabe o apaixonado que o centro do mundo é o rosto da sua amada, ausente...

O centro do universo para os homens que vivem, amam e sofrem nada tem a ver com o centro geográfico do universo dos astrônomos.

Assim sentiu Deus... Dizem os poemas da Criação que, terminada a sua obra, seus olhos voltaram-se não para o infinito dos céus vazios, mas para a beleza da Terra. Olhou para o jardim, para suas árvores, seus pássaros e regatos, e, sorrindo, disse: "É muito bom!". Sim. É bom porque é belo. A Terra é o centro do universo porque é bela. E a beleza nos faz felizes.

Recebi de um amigo, via internet, uma série de fotografias da Terra, tiradas de um satélite. Vinha com o nome de "A bela azul". Que lindo nome para a nossa Terra! Porque é com a cor azul que ela aparece. De dia, iluminada pela luz do Sol; de noite, brilhando com as luzes dos homens. Lembrei-me de um verso de Fernando Pessoa: "(...) e viu-se a Terra inteira, de repente, surgir, redonda, do azul profundo" (*Obra poética*, p. 78).

Nietzsche era um apaixonado pela Terra. Dizia que era uma deformação do espírito, num dia luminoso, ficar em casa lendo um livro quando a natureza estava lá fora fresca e radiante. É possível imaginar que ele, que proclamou a morte de Deus, tenha secretamente eleito a Terra como seu objeto de adoração. Vejam o que ele escreveu:

(...) eu me encontrava ao pé das colinas; tinha uma balança nas minhas mãos e pesava o mundo... Com que certeza meu sonho olhava para esse mundo finito – sem fazer perguntas, sem desejar possuir, sem medo e sem mendigar... Era como se uma maçã inteira se oferecesse à minha mão, maçã madura e dourada, de pele fresca, macia, aveludada: assim esse mundo se ofereceu a mim... Como se uma árvore me acenasse, galhos longos, vontade forte, curvada como um apoio, lugar mesmo de descanso para o caminhante cansado, assim estava o mundo ao pé das minhas colinas... Como se mãos delicadas me trouxessem um escrínio, um escrínio aberto para o deleite de olhos tímidos, olhos que adoram, assim o mundo se ofereceu hoje a mim. Não era um enigma que assusta o amor humano; não era uma solução que faz dormir a sabedoria humana. Era uma coisa boa, humana: assim o mundo foi, para mim, hoje, embora tanto mal se fale dele...

Esta linda Terra está em perigo. É preciso salvá-la...

A vaca e os bernes

Era uma vez uma vaca feliz, saudável e bonita. Tudo era harmonia na vida da vaca.

Bem, quase tudo... Nada é perfeito. A vaca era mansa – o que era parte de sua perfeição. Mas, por causa da mansidão da vaca, alguns bernes se hospedaram nela e passaram a se alimentar de sua carne. Sendo mansa, a vaca não reagia contra os bernes. Na verdade ela não sabia como reagir.

Mas os bernes eram poucos e pequenos... A vaca e os bernes viviam em paz.

Aconteceu, entretanto, que os bernes começaram a se multiplicar. Os bernes aumentavam, mas a vaca não aumentava, confirmando a lei de Malthus que disse que os alimentos crescem em razão aritmética, enquanto as bocas crescem em razão geométrica.

O couro da vaca se encheu de calombos que indicavam a presença dos bernes. Mesmo assim a vaca continuava saudável. Ela tinha muita carne de sobra.

Foi então que uma coisa inesperada aconteceu: alguns bernes sofreram uma mutação genética e passaram a crescer em tamanho. Foram crescendo, ficando cada vez maiores, e com uma voracidade também cada vez maior. Os vermes magrelas e subdesenvolvidos ficaram com inveja dos vermes grandes e trataram de tomar providências para crescer também. Não era certo que só os grandões se aproveitassem da vaca.

O corpo da pobre vaca passou a ser uma orgia de crescimento. Os bernes só falavam numa coisa: "É preciso crescer!".

Cresciam os bernes e o seu apetite, mas a vaca não crescia. Ficava do mesmo tamanho. De tanto ser comida pelos bernes, a vaca ficou doente. Emagreceu. Mas os bernes não prestavam atenção na saúde da vaca em que moravam. Só prestavam atenção nos bifes que comiam. Para ver a vaca seria preciso que eles estivessem fora da vaca. Mas os bernes estavam dentro da vaca. Assim, não percebiam que sua voracidade estava matando a vaca.

A vaca morreu. E com ela morreram os bernes. Fizeram a autópsia da vaca. O relatório do legista observou que os bernes mortos eram excepcionalmente grandes, bem-nutridos, muitos deles chegando à obesidade.

A caverna sem chaminé

Os deuses sempre acharam que os homens tinham inteligência, mas não tinham juízo. Uma pessoa inteligente sem juízo é mais perigosa que uma pessoa burra sem juízo. Por isso eles os prenderam numa caverna escura, muito grande, tão grande que parecia não ter fim. Caverna fechada, sem entradas e sem saídas. Lá dentro era frio.

Foi então que um semideus que não gostava muito dos deuses chamado Prometeu teve pena dos mortais que tiritavam de frio. Valendo-se de uma distração dos deuses, que estavam bêbados numa farra, roubou-lhes o fogo e deu-o aos homens.

Mas Prometeu advertiu: "Não deixem o fogo morrer. Se ele morrer, a escuridão voltará. E então não poderei ajudá-los porque não sei a arte de fazer nascer o fogo. Somente os deuses a sabem...". Ditas essas palavras, Prometeu desapareceu para nunca mais voltar.

Aceso o fogo, a caverna se iluminou e os homens viram pela primeira vez.

Os homens atentaram para sua advertência. Trataram de alimentar o fogo sem parar, para que ele não apagasse. Fizeram mais: como eram inteligentes, curiosos e mexedores, acabaram por descobrir o segredo da arte de fazer fogo que só os deuses sabiam.

Aí todo mundo queria possuir o fogo. Para que todos pudessem ter o seu fogo particular, inventaram-se as velas. Os homens e as mulheres passaram, então, a andar por onde iam com velas acesas nas mãos. A caverna se iluminou. Pelo poder do fogo, nasceram então a culinária, a cerâmica, o vidro, a fundição dos metais, em resumo, a civilização.

Mas os homens descobriram mais: que o fogo mora em muitos outros lugares que não a madeira. Mora no petróleo, nas quedas d'água, no vento, no carvão, nos átomos, no Sol. E o calor do fogo aumentou.

Pelo poder do fogo, as invenções se multiplicaram sem cessar, trazendo conforto e riqueza para todos os moradores da caverna. Passaram os homens, então, a avaliar o bem-estar dos habitantes da caverna pelo número de velas que gastavam. Ter velas acesas dava *status*... Os que queimavam muitas velas eram ricos; os que queimavam poucas velas (ou nenhuma) eram pobres. Milhares de velas, milhões de velas, bilhões de velas...

Mas a caverna, que era muito grande, tinha limites. Ela era uma caverna fechada, sem saídas. Fechada, nada podia sair de dentro dela. As nuvens de fumaça produzidas pelo fogo aumentavam sem parar. Quanto mais fogo, mais calor, mais riqueza, mais fumaça. E os moradores da caverna começaram a sofrer com o excesso de calor.

A solução era simples: bastava que os ricos apagassem metade das suas velas. Reuniram-se, então, todos aqueles que queriam pôr fim a essa situação para chegar a um acordo sobre a diminuição de velas. Mas ninguém queria apagar as suas velas... "O progresso não pode parar. Crescer, crescer sempre..."

Só tarde demais os homens se deram conta de que a sua caverna, a nossa linda Terra, se transformara num forno. Mas já era tarde demais. Morreram eles então como leitões no forno que eles próprios haviam construído com o seu progresso...

Usando uma metáfora doméstica: a Terra não tem chaminé. Acontecerá com ela aquilo que acontece numa casa fechada, com o fogão aceso e a chaminé entupida. Nessa casa há um recurso: abrir as janelas e portas e sair. Mas como poderemos abrir as janelas e portas da Terra? Elas não existem.

* * *

Todo organismo, para viver, tem de ter meios para colocar para fora de si os resíduos tóxicos que a vida produz: fezes, urina. Mas a Terra é um organismo sem ânus... Por isso morrerá.

O aluno perfeito

Era uma vez um jovem casal que estava muito feliz. Ela estava grávida e eles esperavam com grande ansiedade o filho que iria nascer.

Transcorridos os nove meses de gravidez, ele nasceu. Ela deu à luz um lindo computador! Que felicidade ter um computador como filho! Era o filho que desejavam ter! Por isso eles haviam rezado muito durante toda a gravidez, chegando mesmo a fazer promessas.

O batizado foi uma festança. Deram-lhe o nome de "Memorioso" porque julgavam que uma memória perfeita é o essencial para uma boa educação. Educação é memorização. Crianças com memória perfeita vão muito bem na escola e não têm problemas para passar no vestibular.

E foi isso mesmo que aconteceu. Memorioso memorizava tudo que os professores ensinavam. Mas tudo mesmo. E não reclamava. Seus companheiros reclamavam, diziam que aquelas coisas que lhes eram ensinadas não faziam sentido. Suas inteligências recusavam-se a aprender. Tiravam notas ruins. Ficavam de recuperação.

Isso não acontecia com Memorioso. Ele memorizava com a mesma facilidade a maneira de extrair raiz quadrada, reações químicas, fórmulas de física, acidentes geográficos, populações de países longínquos, datas de eventos históricos, nomes de reis, imperadores, revolucionários, santos, escritores, descobridores, cientistas, palavras novas, regras de gramática, livros inteiros, línguas estrangeiras. Sabia de cor todas as informações sobre o mundo cultural.

A memória de Memorioso era igual à do personagem do Jorge Luis Borges por nome Funes. Só tirava 10, o que era motivo de grande orgulho para seus pais. E os outros casais, pais e mães dos colegas de Memorioso, morriam de inveja. Quando seus filhos chegavam em casa trazendo boletins com notas em vermelho, eles gritavam: "Por que você não é como o Memorioso?".

Memorioso foi o primeiro no vestibular. O cursinho que ele frequentara publicou sua fotografia em *outdoors*. Apareceu na televisão como exemplo a ser seguido por todos os jovens. Na universidade foi a mesma coisa. Só tirava 10. Chegou, finalmente, o dia tão esperado: a formatura. Memorioso foi o grande herói, elogiado pelos professores. Ganhou medalhas e mesmo uma bolsa para doutoramento no MIT.

Depois da cerimônia acadêmica, foi a festa. E estavam todos felizes no jantar quando uma moça se aproximou de Memorioso e se apresentou: "Sou repórter. Posso lhe fazer uma pergunta?". "Pode fazer", disse Memorioso, confiante. Sua memória continha todas as respostas.

Aí ela falou: "De tudo o que você memorizou, o que foi que você mais amou, que mais prazer lhe deu?".

Memorioso ficou mudo. Os circuitos de sua memória funcionavam com a velocidade da luz procurando a resposta. Mas aquilo não lhe fora ensinado. Seu rosto ficou vermelho. Começou a suar. Sua temperatura subiu. E, de repente, seus olhos ficaram muito abertos, parados, e se ouviu um chiado estranho dentro de sua cabeça, enquanto fumaça saía por suas orelhas. Memorioso primeiro travou. Deixou de responder a estímulos. Depois apagou, entrou em coma. Levado às pressas para o hospital de computadores, verificaram que seu disco rígido estava irreparavelmente danificado.

Há perguntas para as quais a memória, por perfeita que seja, não tem respostas. É que tais respostas não se encontram na memória. Encontram-se no coração, onde mora a felicidade...

A Terra está morrendo

Alguns dos meus livros estão espandongados: lombadas descoladas, folhas soltas, outras rasgadas. Estão assim pelas muitas vezes que com eles fiz amor repetido e furioso. Outros livros estão perfeitos. São virgens. Nunca desejei fazer amor com eles.

De todos os meus livros, os que mais amo e que, por isso mesmo, estão em pior estado são as obras de Nietzsche. Quando li Nietzsche pela primeira vez, eu me espantei e disse: "Esse homem passeia por lugares da minha alma que não conheço!". Aí comecei a lê-lo para saber-me.

Ele escreveu em alemão. Mas o meu alemão é capenga, anda manquitolando, tenho de usar o dicionário como bengala. Vou trôpego, devagar. E perco o essencial: a música da sua escritura. Por isso valho-me das maravilhosas traduções de Walter Kaufmann para o inglês. Para traduzir Nietzsche não basta saber alemão; é preciso ser poeta.

Agora, na velhice, minha grande preocupação é o fim do mundo. A Terra está morrendo. Os cientistas já fazem cálculos acerca dos poucos anos que lhe restam. Convivo bem com a ideia da minha morte. Mas a ideia da morte da Terra é-me insuportável. Até já escrevi um "uaicai" (é assim que se escreve em Minas...) triste sobre o fim do mundo:

O último sabiá canta seu canto...
Que pena!
Já não há ninguém para ouvi-lo...

Relendo *A gaia ciência* de Nietzsche, reencontrei-me com o seu texto mais famoso, aquele em que ele diz que "Deus morreu". Mas poucos se deram ao trabalho de lê-lo. Alguns chegam a caçoar. No metrô de Nova York, um pichador garatujou no azulejo: "Deus morreu. As.: Nietzsche. Nietzsche morreu. As.: Deus...".

E de repente, à medida que eu o digeria antropofagicamente, o texto foi-se apossando de mim. E ficou parecido comigo. Resolvi então reescrevê-lo, colocando "Terra" nos lugares em que Nietzsche havia escrito "Deus".

A cena – Um louco grita numa praça: "O que aconteceu com a nossa Terra?". Dirige-se àqueles que ali estão. Eles riem e zombam.

Pois vou lhes dizer. Nós a matamos – vocês e eu. Todos nós somos seus assassinos. Mas como é que fizemos isso? Como é que fomos capazes de beber os rios e comer as florestas? Quem nos deu a esponja para apagar os horizontes do futuro? O que fizemos quando partimos a corrente que ligava a Terra à Vida? Para onde ela irá? Vagará pelo Nada infinito? Esse hálito que sentimos, não é o hálito da morte? E esse calor! Os gelos estão se derretendo. Já se vê o cume negro do Kilimanjaro, outrora vestido com a brancura da neve. O mar subirá. O Sol está mais quente e mortífero. Temos de nos proteger contra os seus raios. E esse barulho que ouvimos em todos os lugares – o ruído das fábricas, o barulho das bolsas de valores – não será, porventura, o barulho dos coveiros que a enterram? O ar que respiramos é o ar da decomposição. A Terra está morta. Nós a matamos. Como poderemos nós, os assassinos da Terra, nos confortar a nós mesmos? A Terra, extensão do nosso corpo, a mais sagrada, sangrou até a morte sob nossos punhais... Quem nos limpará desse sangue?

Relatou-se depois que, naquele mesmo dia, o louco entrou em várias bolsas de valores, bancos e indústrias e lá cantou o "Réquiem para a Terra morta". Retirado de lá e compelido a se explicar, a cada vez ele disse a mesma coisa: "Que são esses templos do progresso senão os sepulcros da Terra?".

Borboletas e morcegos

Dedico esta estória às minhas netas Mariana, Camila,
Bruna, Ana Carolina e Rafaela, que, com seu sorriso,
transformam meus morcegos em borboletas.

Esta é uma estória sobre borboletas e morcegos. Borboletas são bichinhos leves, de asas coloridas, que gostam de brincar com as flores enquanto o Sol está brilhando no céu. As borboletas amam o dia. Os morcegos são bichos feios, de asas negras, que só voam durante a noite.

Esta estória aconteceu faz muito tempo. O Sol brilhava sozinho no céu, sorridente. Estivera brilhando, sem parar, desde toda a eternidade. Mas chegou um dia em que ele se cansou de brilhar sozinho. Ficou triste. E ele disse para si mesmo: "Para quem estou brilhando? Que adianta brilhar se não há ninguém que brinque com os meus raios? Só ficarei alegre de novo quando tiver amigos com quem brincar...".

Ditas essas palavras, o Sol resolveu criar o mundo. E foi assim que ele fez: começou a piscar, e a cada piscada que ele dava uma coisa nova aparecia. Piscou montanhas, piscou rios, piscou mares, piscou praias, piscou florestas. Piscou sapos, piscou girafas, piscou camelos, piscou macacos, piscou tucanos... Piscou caramujos, piscou joaninhas, piscou lagartixas, piscou grilos... Piscou jabuticabas, piscou mangas, piscou pitangas... Piscava, e quando via a coisa que aparecia o Sol morria de dar risada. Porque tudo era muito divertido. Por fim, ele piscou um jardim, piscou balanços, piscou gangorras – e piscou um punhado de crianças, meninas e meninos. E foi assim que a nossa Terra foi criada.

"Agora tenho para quem brilhar, agora tenho com quem brincar", disse o Sol, cheio de felicidade. E para que nunca houvesse tristeza, ele criou, por fim, as borboletas. As borboletas são os anjos da alegria que o Sol colocou no mundo. Mas, para isso, elas têm de ter uma dieta especial: alimentam-se do néctar das flores, porque as flores estão sempre alegres. E o Sol lhes disse: "Quando vocês virem uma pessoa triste, chorando, pousem no seu nariz! Com uma borboleta pousada no nariz, não há jeito de não sorrir!". E assim, graças às borboletas, o mundo que o Sol criou estava sempre alegre.

E o Sol piscou também lindas borboletas pretas de grandes asas brilhantes. Preto é uma linda cor: cor das jabuticabas, cor de cabelos, cor de olhos, cor da noite: é preciso que a noite seja preta para que as estrelas brilhem.

Mas as borboletas pretas não gostaram da sua cor. Acharam que preto era feio. Queriam ser coloridas. Ficaram com inveja das borboletas coloridas. Ficaram com raiva das borboletas coloridas. Ficaram com raiva do Sol, que as tinha feito pretas. E se recusaram a brincar.

"Brincar, nós não vamos", elas disseram. Deixaram a brincadeira e se esconderam em buracos profundos, em cavernas escuras. E ficaram lá, remoendo sua raiva, remoendo sua inveja. E foi assim que as borboletas pretas, de tanto ficarem no escuro, acabaram por ficar cegas para a luz. Só viam no escuro. Passaram a ter raiva do dia, quando tudo estava brincando. E a raiva fez nelas uma transformação feia. Raiva não beija. Raiva morde. Assim, a boca gostosa que tinham, para beijar as flores e sugar o seu mel, se encheu de dentes afiados. Deixaram de ser borboletas. Transformaram-se em morcegos.

Seu mundo passou a ser as cavernas fundas e escuras onde moravam. E foram se multiplicando, tendo filhos, muitos filhos, todos eles com olhos cegos para a luz, todos eles com dentes afiados em sua boca.

Mas chegou um dia em que as cavernas ficaram pequenas para os milhões, os zilhões de morcegos. O que acontece com uma bexiga

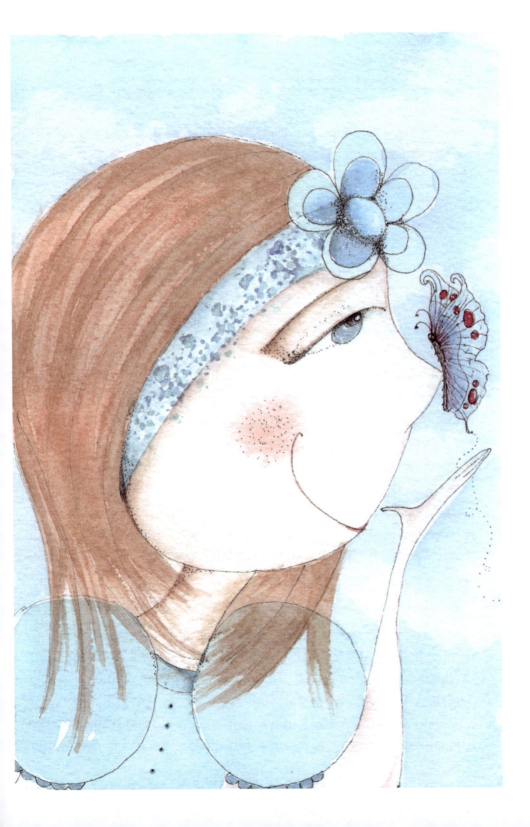

que a gente vai enchendo de ar, sem parar? Chega um momento em que – bum! – a bexiga estoura. Pois foi o que aconteceu. As cavernas estouraram. Aconteceu uma erupção de morcegos, parecida com a erupção dos vulcões. Saíam morcegos por todos os buracos da Terra, morcegos que não paravam de sair – e eram tantos, tantos, que eles se transformaram numa enorme nuvem negra que cobriu a luz do Sol.

Ficou noite. E os morcegos, vendo a escuridão, ficaram felizes e riram um riso malvado: "Estamos vingados! Agora será sempre noite! As borboletas coloridas não mais voarão. O Sol não terá com quem brincar!".

E foi isso mesmo que aconteceu. As borboletas, ao abrirem os olhos do seu sono, viram tudo escuro e disseram: "Ainda é noite. Não é hora de brincar". E voltaram a dormir.

O Sol não brilhando, ficou frio. As borboletas começaram a tremer. E trataram de se proteger. Teceram cobertores de fios e neles se enrolaram. E ficaram assim penduradas em árvores, em paus de telhado, em paredes, dormindo, dormindo, esperando que o dia voltasse... E o mundo ficou triste porque não havia mais borboletas que pousassem no nariz dos tristes para fazê-los espirrar e sorrir. E o Sol ficou triste porque não tinha mais com quem brincar.

Mas o Sol era esperto. Sabia que há duas maneiras de iluminar criaturas. A primeira é brilhando do lado de fora. A segunda é brilhando do lado de dentro. O brilho do Sol, no lado de dentro da gente, se chama "sonho". O sono é a hora em que o Sol brilha do lado de dentro da gente. Sonhamos com aquilo que desejamos. O Sol, então, começou a iluminar as borboletas durante os seus sonhos. Ele aparecia disfarçado de estrela.

Havia uma borboleta que, enrolada em seu cobertor, se pendurara no pau de um estábulo. Estábulo é onde ficam as vacas, os cavalos, as ovelhas... Essa borboleta sonhou com a estrela. Era uma estrela enorme, diferente. Brilhava com uma luz azul. Os morcegos não ligaram porque pensaram que era apenas a luz de mais uma estrela. Não sabiam que era a luz do Sol disfarçada...

106

A borboleta, dormindo pendurada no pau do estábulo, ficou feliz vendo a estrela. Tão feliz que começou a sorrir. E a felicidade, mesmo sonhada, tem um poder mágico: transforma as pessoas.

E a borboleta começou a engordar. É que o Sol havia colocado na luz da estrela azul as suas sementes de alegria. A borboleta adormecida, iluminada com a luz da estrela azul, ficou grávida com a alegria do Sol!

A barriga da borboleta foi crescendo, foi crescendo – até que chegou a hora do nascimento da alegria que o Sol plantara dentro dela.

Finalmente a alegria nasceu. Nasceu, e tinha a aparência de um menininho. E como ele era filho do Sol, ele brilhava como seu pai. O brilho do menininho fez tudo ficar luminoso. Quem visse o menininho ficava iluminado: ficava alegre, se esquecia da tristeza.

E assim, iluminado pela luz do menininho, o mundo foi acordando. Foi como acontece nas madrugadas: a escuridão da noite vai sumindo, iluminada pelas lindas cores que vão aparecendo no horizonte.

O mundo acordou da noite escura. Acordaram os pássaros, acordaram as flores, acordaram os riachos, acordou o mar, acordaram as nuvens, acordaram as borboletas. Acordadas, as borboletas começaram a voar. E foram pousando no nariz dos homens e das mulheres. E eles espirravam e davam risadas!

Os morcegos, quando perceberam que tinham sido enganados pelo Sol, ficaram furiosos. O morcegão-rei deu ordem aos morcegos para que fossem até o estábulo e comessem o menino-Sol. E eles partiram cheios de raiva, com seus dentes afiados à mostra. Mas, quando iam chegando, a luz era tão bonita! A luz do menino-Sol iluminava suas asas pretas. E o brilho do Sol nas suas asas era lindo. Era como o Sol nascendo, no meio da noite, luz brilhando na escuridão. E os morcegos olharam uns para os outros e se espantaram: nunca haviam se visto assim, tão bonitos. Assentaram-se na cerca que cercava o estábulo, encantados com a beleza que morava neles e que eles nunca haviam visto, por causa da inveja e da raiva. E começaram a sorrir. E quando sorriram, deram espirros, e o espirro foi tão forte que seus dentes afiados caíram. Voltaram a ser borboletas! E os outros morcegos, vendo o que estava acontecendo com seus amigos, ficaram curiosos e foram ver o menino-Sol. E quando o viram, a mágica se repetiu: se acharam bonitos e foram transformados em borboletas.

Borboletas, passaram a gostar de brincar com a luz. O dia voltou. O Sol brilhou no céu. E as borboletas voltaram a fazer o seu trabalho de espantar a tristeza assentando-se no nariz dos tristes!

Que coisa mais bonita! O Sol, ninguém pode ver. Sua luz é muito forte. Quem olha para o Sol fica cego. Ninguém pode brincar com ele. Sua luz é muito quente. Queima. Mas, no rosto do menino-Sol, a luz do Sol fica mansa: a gente pode brincar com ele.

E desde aquele dia é assim: se alguém está triste, basta olhar para o rosto de uma criança: uma borboleta vem voando, faz cócegas no nariz, vem um espirro, a tristeza vai embora e a gente começa a sorrir...

Como conhecer uma vaca

Meninos e meninas: o tema de nossa aula hoje é a "vaca". A vaca, vocês ainda não sabem o que é, porque essa matéria ainda não foi dada. Somente sabemos os saberes que se encontram nos livros e são dados na sala de aula. É sobre esses saberes que se fazem as avaliações.

Como Descartes mostrou, a coisa mais importante na procura do conhecimento é o "método". Método significa "caminho". Se você pensa que tem um saber, é preciso que você saiba o caminho que foi seguido para chegar até ele. O método é o caminho que se deve seguir para chegar a conhecer o objeto que se estuda.

Todo caminho tem um ponto de partida. Qual é o ponto de partida? Devemos começar pelo complexo – o *puzzle* pronto, montado – ou pelas peças, tomadas uma a uma?

É claro que as peças, tomadas uma a uma, são mais simples de ser compreendidas. É mais fácil compreender os acordes de uma sinfonia, tomados um a um, e os acordes, por sua vez analisados a partir das notas que os compõem, que a sinfonia inteira, de uma vez só. A inteligência procura o simples.

A mesma coisa pode ser dita de uma obra literária. É muito mais científico estudar *Grande sertão: Veredas* a partir das palavras que

109

compõem essa obra – o que pode ser feito com facilidade com a ajuda da gramática e da análise sintática – que compreender a obra inteira. Ela é muito grande, muito complexa...

Esse foi o caminho usado pela ciência moderna. Imagine que a realidade é uma peça de mortadela. O que a ciência fez foi tirar fatias dessa mortadela em cortes verticais, oblíquos, horizontais para compreender o todo. Cada corte é uma ciência. É isso que faz a matemática, mãe de todas as ciências. Ela toma o complexo em suas múltiplas variações e o reduz a fórmulas simples, válidas em todas as situações. Não é isso que fazem a física, a química – que vai em busca das "peças" que compõem esse *puzzle* chamado realidade –, a astronomia, a biologia?

Aplicando-se isso que se disse ao nosso objeto, surge a pergunta: as vacas podem ser vistas, em toda a sua infinita complexidade – milhões de partes, encaixes, movimentos, reações –, comendo capim pelos pastos. Mas elas, nessas condições, não são objeto de conhecimento pela precisa razão dessa misteriosa complexidade. A complexidade é sempre misteriosa, está além da razão. Temos, então, por exigência do método, de procurar as partes simples da vaca, animal que será conhecido quando essas partes simples forem ajuntadas.

E onde encontramos a vaca em suas partes simples? Nos açougues. O açougue é o lugar onde se veem, expostas na sua simplicidade, as partes simples das vacas: ossos, costelas, couro, miolo, bofes, fígado, rins, picanha, filé, coxão mole, coxão duro, músculos, lombo, rabo, língua, sem mencionar os chifres, que não são comestíveis.

Estudadas todas as partes da vaca, sua composição, seu tamanho, seu peso, suas conexões, vem então a segunda parte. Como num *puzzle*: tomam-se os milhares de peças e trata-se de encaixá-las umas nas outras para produzir o todo. O todo é a soma das partes. Da mesma forma, o que se há de fazer agora é tomar todas as partes da vaca e ir costurando cirurgicamente umas nas outras, nos lugares precisos. Ao final desse processo, temos, então, reconstituída a vaca na sua totalidade. Compreenderam o método para conhecer uma vaca?

Um menininho levantou a mão. "Professora, eu conheço bem as vacas porque moro numa fazenda. Sou até amigo de uma delas, mansinha... E sei que elas são vacas só de olhar pra elas. Nunca usei o método que a senhora ensinou para conhecer as minhas vacas..."

O lobo aprendiz de santidade

Um lobo, tendo ouvido um sermão que são Francisco pregou aos bichos, converteu-se e resolveu tornar-se um santo também. Procurou os mestres espirituais e perguntou-lhes o que devia fazer para se tornar um santo. Eles lhe disseram que o caminho da santidade começa com as abstenções: ele deveria começar por abandonar aquelas coisas de que mais gostava. E o que ele mais gostava era de comer cabritos. Assim, os mestres espirituais concluíram: o caminho de um lobo que deseja ser santo começa com um grande jejum, até perder a vontade de comer cabritos. Saiu, então, o lobo, decidido a jejuar. Depois de muito caminhar sem nada comer, cabeça baixa e estômago faminto, viu repentinamente um cabrito que comia capim distraidamente na encosta da montanha. A visão do cabrito deu-lhe água na boca. Pensou então: acho que vou adiar o meu jejum por uns dias, até me acostumar. Aproximou-se, assim, *solobeiramente* (sorrateiramente só se aplica aos ratos) do cabrito. Este, percebendo a aproximação do lobo, correu, saltando sobre as rochas da montanha – era um cabrito montês – até atingir uma rocha muito alta, inacessível ao lobo. O lobo, então, vendo que seu almoço lhe fugia, lembrou-se de suas intenções religiosas e argumentou consigo mesmo: "O caminho da santidade é o caminho do jejum". E continuou a jejuar.

Moral da estória: muitas virtudes do espírito nascem da incompetência do corpo.

Picolépolis

Era uma vez uma cidade chamada Picolépolis. Ela se chamava Picolépolis porque nela todos eram loucos por picolé. Era elegante andar pelas ruas chupando picolé. Nas festas serviam-se picolés. As pessoas educadas conversavam sobre os picolés. Os pais aconselhavam os seus filhos: "É preciso trabalhar muito para que nunca faltem picolés para os seus filhos". E, nas campanhas políticas, o picolé era sempre o tema mais discutido. Os candidatos faziam promessas de aumentar a produção de picolés e os partidos de esquerda prometiam medidas para democratizar o picolé.

Mas havia os pobres que não tinham dinheiro para comprar picolés, que eram coisa de gente rica. Em vez de picolés eles comiam cachorros-quentes. Comer cachorro-quente era marca de pertencer a uma classe social inferior.

Os picolés eram fornecidos por um empresário que tinha uma fábrica de picolés. Ele fabricava picolés brancos, amarelos, vermelhos e verdes. Os mais procurados e mais caros eram os picolés brancos. Só os ricos mesmo podiam chupar picolés brancos. A empresa do dito empresário produzia 50 picolés por dia. Mas como havia, diariamente, mais de 1.000 pessoas querendo chupar picolé, sempre sobravam mais que 950 pessoas insatisfeitas. Queriam chupar picolé e não podiam. Um

115

outro empresário percebeu que ali se encontrava um mercado maravilhoso! Era lucro certo montar uma fábrica de picolés. Montou uma segunda fábrica de picolés. Mas ela também só tinha capacidade para produzir 50 picolés. Ficava uma população de mais de 900 pessoas sem chupar picolé. Um outro empresário pensou como o segundo e fez também sua fábrica de picolés, que também produzia 50 picolés. Vendo o que estava acontecendo, o primeiro empresário teve uma ideia de gênio: duplicar a produção de picolés. Sua fábrica, em vez de produzir picolés somente durante o dia, passou a produzir picolés também durante a noite. No que foi rapidamente imitado pelos outros. Mas como a população crescia, crescia também o número de pessoas frustradas por não haver picolés que chegassem para todos. Esse, portanto, era um mercado maravilhoso, inesgotável. Investir no mercado de picolés era lucro certo.

Troque "picolés" por "ensino superior" e você compreenderá a minha parábola. O sonho de todo pai e de toda mãe, com aspirações de ascensão social, era que o seu filho "tirasse diploma". Diploma era garantia de sobrevivência. Emprego certo. Mais do que isso: *status*. O orgulho da mãe que proclamava: "Meu filho vai tirar diploma de médico". Um diploma universitário passou a ser o desejo supremo dos pais para os seus filhos.

Mas entrar na universidade não é coisa fácil. Muitos são os que querem; poucos são os que conseguem. Os que não conseguem ficam olhando com inveja para seus amigos e companheiros que conseguiram.

Os resultados numéricos dos vestibulares revelam: 1) o tamanho do mercado; o total dos que se inscreveram: quantos querem chupar picolé; 2) o número dos que entraram: quantos picolés foram produzidos e consumidos; 3) a população frustrada, que não passou, que deseja um picolé a qualquer preço.

Essa população de insatisfeitos é um mercado com infinitas possibilidades. Quem investe nele tem ganho certo. A criação de faculdades

e universidades se tornou, então, um dos negócios mais seguros do momento. Somente isso explica a proliferação de faculdades novas, e os sucessivos vestibulares, até no meio do ano. Se a demanda existe, nada mais racional, do ponto de vista comercial, que ampliar a oferta.

Mas as universidades não vendem picolés; vendem chaves. Picolés produzem prazer imediato. Eles são para ser chupados e gozados. Ao final, joga-se o pauzinho fora e compra-se outro. Mas "chaves" só têm sentido se abrem portas. As chaves que as universidades e faculdades produzem só são boas se abrem as portas do trabalho.

São milhares de diplomados com suas chaves na mão, mas, onde estão as portas? E, de repente, a dura realidade: muitos são os diplomados com chaves na mão, mas poucas são as portas. Os que ficam com chaves na mão sem portas para abrir não têm alternativa: terão de trabalhar em supermercados, *shoppings*, restaurantes, ou virar fabricantes de suco ou ficar desempregados. Uma noite, na cidade de Nova York, comecei a conversar com o motorista do táxi, e ele me disse que era um Ph.D. em física, pelo MIT.

São milhares os diplomados que anualmente são jogados no mercado com suas chaves: médicos, engenheiros, fonoaudiólogos, psicólogos, pedagogos, advogados, dentistas, jornalistas, biólogos, físicos, sociólogos, economistas, geógrafos. Nada irá resolver o problema da relação entre chaves e portas. Não se pode aumentar o número de portas como se aumenta o número de chaves. Uma vez sugeri que cada estudante cursando um curso universitário "nobre" deveria, ao mesmo tempo, aprender um ofício que seria oferecido pela própria universidade: marceneiro, jardineiro, serralheiro, mecânico, pedreiro, pintor... Acharam que era gozação minha. Não era. Continuo com a mesma ideia.

De tudo restam estas duas verdades: 1) fundar universidades e faculdades é uma opção econômica esperta e garantida; 2) muitos serão os que ficarão com as chaves na mão sem portas para abrir...

O velhinho misterioso

Era uma vez um velhinho simpático que morava numa casa cercada de jardins. O velhinho amava seus jardins e cuidava deles pessoalmente. Na verdade, fora ele que pessoalmente o plantara – flores de todos os tipos, árvores frutíferas das mais variadas espécies, fontes, cachoeiras, lagos cheios de peixes, patos, gansos, garças. Os pássaros amavam o jardim, faziam seus ninhos em suas árvores e comiam dos seus frutos. As borboletas e abelhas iam de flor em flor, enchendo o espaço com suas danças. Tão bom era o velhinho que seu jardim era aberto a todos: crianças, velhos, namorados, adultos cansados. Todos podiam comer de suas frutas e nadar nos seus lagos de águas cristalinas. O jardim do velhinho era um verdadeiro paraíso, um lugar de felicidade. O velhinho amava todas as criaturas e havia sempre um sorriso manso no seu rosto. Prestando-se um pouco de atenção era possível ver que havia profundas cicatrizes nas mãos e nas pernas do velhinho. Contava-se que, certa vez, vendo uma criança sendo atacada por um cão feroz, o velhinho, para salvar a criança, lutara com o cão e fora nessa luta que ele ganhara suas cicatrizes.

Os fundos do terreno da casa do velhinho davam para um bosque misterioso que se transformava numa mata. Era diferente do jardim, porque a mata, não tocada pelas mãos do velhinho, crescera selvagem

119

como crescem todas as matas. O velhinho achava as matas selvagens tão belas quanto os jardins. Quando o Sol se punha e a noite descia, o velhinho tinha um hábito que a todos intrigava: ele se embrenhava pela mata e desaparecia, só voltando para o seu jardim quando o Sol nascia. Ninguém sabia direito o que ele fazia na mata e estranhos rumores começaram a circular. Os seres humanos têm sempre uma tendência para imaginar coisas sinistras. Começaram, então, a espalhar o boato de que o velhinho, quando a noite caía, se transformava num ser monstruoso, parecido com lobisomem, e que na floresta existia uma caverna profunda onde o velhinho mantinha, acorrentadas, pessoas de quem ele não gostava, e que seu prazer era torturá-las com lâminas afiadas e ferros em brasa. Lá – assim corria o boato – o velhinho babava de prazer vendo o sofrimento dos seus prisioneiros. Outros diziam, ao contrário, que não era nada disso. Não havia nem caverna, nem prisioneiros, nem torturas. Essas coisas existiam mesmo era só na imaginação de pessoas malvadas que inventavam os boatos. O que acontecia era que o velhinho era um místico que amava as florestas e ele entrava no seu escuro para ficar em silêncio, em comunhão com o mistério do universo.

Quem era o velhinho, na realidade? Você decide. Sua decisão será um reflexo do seu coração.

O pato selvagem

Era uma vez um bando de patos selvagens que voava nas alturas. Lá de cima se viam, muito longe, campos verdes, lagos azuis, montanhas misteriosas, e os pores de Sol eram maravilhosos. Mas voar nas alturas era cansativo. Ao final do dia os patos estavam exaustos. Aconteceu que um dos patos, quando voava nas alturas, olhou para baixo e viu um pequeno sítio, casinha com chaminé, vacas, cavalos, galinhas... e um bando de patos deitados debaixo de uma árvore. Como pareciam felizes! Não precisavam trabalhar. Havia milho em abundância. O pato selvagem, cansado, teve inveja deles. Disse adeus aos companheiros, baixou seu voo e juntou-se aos patos domésticos. Ah! Como era boa a vida sem precisar fazer força. Ele gostou, fez amizades. O tempo passou. Primavera, verão, outono, inverno... Chegou de novo o tempo da migração dos patos selvagens. E eles passavam grasnando, nas alturas... De repente o pato que fora selvagem começou a sentir uma dor no seu coração, uma saudade daquele mundo selvagem e belo, das coisas que ele via e não via mais: os campos, os lagos, as montanhas, os pores de Sol. Aqui em baixo a vida era fácil, mas os horizontes eram tão curtos! Só se via perto. E a dor foi crescendo no seu peito até que não aguentou mais. Resolveu voltar a juntar-se aos patos selvagens. Abriu suas asas, bateu-as com força, como nos velhos tempos. Ele

queria voar! Mas caiu e quase quebrou o pescoço. Estava pesado demais para o voo. Havia engordado com a boa vida... E assim passou o resto de sua vida, gordo e pesado, olhando para os céus, com nostalgia das alturas...